U0936874

董鸣亭 著
施振华 绘

上海十八行

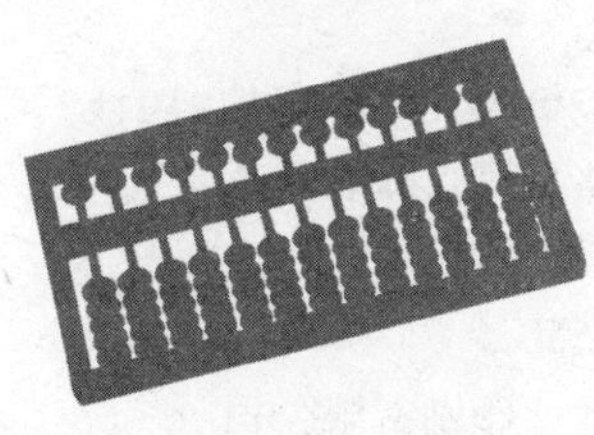

上海文化出版社

图书在版编目(CIP)数据

上海十八行 / 董鸣亭著 . —上海：上海文化出
版社，2017.4（2019.3 重印）
ISBN 978-7-5535-0061-4

Ⅰ . ①上…　Ⅱ . ①董…　Ⅲ . ①散文集 – 中国 – 当代
Ⅳ . ① I267

中国版本图书馆 CIP 数据核字（2016）第 160412 号

责任编辑　黄慧鸣
装帧设计　叶　珺
责任监制　陈　平　刘　学

书　　名　上海十八行
作　　者　董鸣亭
出　　版　上海世纪出版集团　上海文化出版社
地　　址　上海市绍兴路 7 号　200020
发　　行　上海文艺出版社发行中心
　　　　　上海市绍兴路50号　200020　www.ewen.co
印　　刷　上海天地海设计印刷有限公司
开　　本　890 × 1240　1/32
印　　张　6.75
字　　数　190 千
版　　次　2017 年 6 月第一版　2019 年 3 月第二次印刷
书　　号　ISBN 978-7-5535-0061-4/I.020
定　　价　33.00 元

敬告读者　本书如有质量问题请联系印刷厂质量科
电　　话　021-64366274

目录

壹 大裁缝和小裁缝

【裁缝铺】

一

弄堂口有两只裁缝摊头，分别放在弄堂进口处的左右两边。听好了，是弄堂进口处的左右两边，这下，大家要听的故事就来了。

放在左边的是用一块三夹木板搭出来的摊头，守在摊头边上的是一位皮肤白白的小个子，他操着一口道地的上海本地话，有时，天刮风了，西北风横穿过弄堂，把他摊头上的布料吹走了，他就将自己的小身板压在摊头上，叫着“风斜大斜大哉”。这时候，右边的裁缝摊头却坐着一个大块头，他戴着一副老花眼镜，手里捏着一个铁做的熨斗，在一块西装布料上慢悠悠地熨过去熨过来。大块头听到了“风斜大斜大哉”的声音后，就停下手中的活计，走到左边的裁缝摊头，用他的大手往三夹木板上一压，用浓浓的宁波话说道：“风嘟嘟吹吹，人刮刮抖抖，格弄堂生活饭咋吃吃。”说话间，大块头走到了弄堂口，拉来两块油毛毡，一块给了本地人，一块自己用来放在摊头前挡风。

俗话说同行如冤家，一个弄堂口放着两只裁缝摊头，就如一张面孔左右安了两只耳朵一样，按理说死也碰不到一起的。可这两只裁缝摊头，就一直这样放着，相安无事，还演绎了一段同行成朋友的故事。

大家习惯把这两个摊头按左右方位来区别，左边朝东，右边朝西。左边的裁缝是松江人，因个子长得小，人称小裁缝，小裁缝做的是中装。传说他是黄道婆的同乡，黄道婆教会了上海人织布，传授和推广轧棉机、弹棉弓、纺车、织机等工具和相关技术。当时，松江和太仓一带，棉纺织品色泽繁多，呈现出空前的盛况，特别是松江生产的布匹名闻江南。在黄道婆去世以后，松江府曾成为全国最大的棉纺织中心，松江布被誉为“衣被天下”。同时，松江府也出现了很多优秀的裁缝，小裁缝就出生在黄道婆的老家，也就是现在靠近徐家汇的华泾镇，而华泾镇出来的裁缝，他们的拿手绝活就是盘各种花式的纽扣。

对中装来说，纽扣是整件衣服的灵魂，特别是女装，对纽扣更有讲究，盘出来的纽扣有各种花式，什么枇杷扣、葡萄扣、蝴蝶扣等。如果是做件旗袍，那做工还要考究，先量尺寸，再做样板，还要试样。最讲究的是旗袍下摆的叉，在叉的地方盘只纽扣，钉这只纽扣的时候，也是决定旗袍成败的关键时刻。所以，谁也不敢小看这个摆在弄堂左边的裁缝摊，因为弄堂里喜欢漂亮的女人们，她们身上穿的衣服都是小裁缝做的。

二

那时候，女人喜欢穿旗袍，男人喜欢穿西装，西装旗袍成为上海人文明的象征。特别是上海的沪剧，演的都是旗袍和西装的戏，《雷雨》里的繁漪，那身旗袍不知迷倒了多少上海女人，还有大少爷和二少爷那身雪白的西装，让上海的小开们都想拥有。有需要，就有市场，聪明能干的宁波人学的是红帮裁缝，从为外国人做西装到在弄堂口摆只裁缝摊头，于是所有的上海人都知道了，西装是宁波人做得好。

弄堂进口处的右边摊头，它的主人就是做西装的宁波人，他长得胖头胖脑的，大家都叫他大块头。也就是说，这两只裁缝摊头摆在弄堂口，各自发挥着自己的优势，互不打扰。

在我小时候，穿旗袍的人虽然少了，但大家都喜欢穿中式衣服。每逢过年时，新的棉袄罩衫是一定要做的，哪怕里面的棉袄旧得一塌糊涂，外面的罩衫肯定是光亮崭新的，也就是上海人说的“死要面子，勿要夹里”。所以，左边的裁缝摊头一年四季生意兴隆，特别是到了夏天，小孩子们穿的囡囡衫都是叫小裁缝做的。

大块头也不愁生意做，他从小学的是红帮裁缝，做出来的西装笔挺，穿在身上像模像样。他的师傅就是他的娘舅，娘舅在解放前就在弄堂里摆摊头了，后来不知什么原因回宁波老家，就把这个摊头留给了这个大块头的外甥，同时也留给他一帮顾客。这些顾客以宁波人为主，兼带一些喜欢穿西装的上海本地人。

当女人们不能穿旗袍时，男人的西装也放进了衣柜里，他们就穿中山装。大块头脑子活络聪明，做的中山装穿在男人身上腰板笔挺，特别是两只袖子，套在肩上简直可以说是天衣无缝。

也许这两个裁缝都有自己的客户群，都不愁没有饭吃，所以平时生活空闲时，就拿着一副象棋，搬两只小凳子，坐在弄堂里对弈，有时候从早上下棋，一直下到夜里，一个操着本地口音，一个操着宁波口音，不时地杀声四起，万马奔腾，引来很多人围观。围观者一边看，一边嘴上说道：“杀左边呀，杀右边呀，把左边的马吃了，把右边的帅将了，册那，哪能走臭棋的……”

看棋的人把弄堂口围得里三层外三层，里三层的人索性伸手去拿棋盘上的棋子走了起来，外三层的人为一只棋子的走法争得面红耳赤，纷纷在讲左边和右边谁走得臭，谁将了军，害得要做衣服的人老是拿不到衣服，只好挤在人堆里看这两个裁缝下棋。

当然，这种现象也不会天天出现，毕竟他们是裁缝，是靠手艺活吃饭的，还要养活一家老小，所以，大多数时候，两个裁缝都在埋头干活。

三

不久，社会上兴起了一股反“右”之风，大家对“右”字特别敏感，都避而远之。可我们还是习惯把大块头的裁缝摊叫做右边裁缝，小裁缝的摊头叫左边裁缝。这时，不知是谁提出来要向“左”靠拢，于是，好心的“左”边裁缝就邀请“右”边的裁缝把他的西装摊头放到左边来，大家挤一挤。

可右边那个大块头脾气十分倔，用他石骨铁硬的宁波话说道：“贼拉伲子，做生活咋分左边右边的？这左边有啥好？左手阿拉还叫伊是假手呢，哪能和右边比？阿拉做生活全靠右手呢，没有右，大家都要去喝西北风了。”

不知是谁听到了大块头的话，就把他的原话添油加醋汇报到了居委会，居委会的人一听：“什么？左边是假的，右边是主力军，这还了得？明天把右边的裁缝摊去砸了。”

第二天，一帮人从居委会出来，朝弄堂口走去，他们对准右边的裁缝摊头几棍棒下去，把个本地人裁缝摊头砸得稀巴烂。小裁缝一见自己的那块三夹木板被砸得一断三，就跳起双脚骂人了：“你们这帮吃屎的家伙，居然来砸我左派积极分子。”

居委会的人一听，顿时一呆，咦，大家要砸的是右边呀？怎么把左边的裁缝摊头砸了？再仔细一看，真是碰到赤佬了，因为是从弄堂里出来，就顺着自己的右手把左边当着右边了。于是，又拎起棒头对着大块头的裁缝摊就要砸下去。这时，大块头也叫了：“眼睛睁睁大，我是左边，你们这是在打压左派分子呀。”

这下，居委会的人都不知道该砸谁的摊头了？因为平时是从进口处来分辨左右的，今天是从弄堂里出来，那左右之分就有变化了。于是，一位年轻的居委会干部突然脑子一动，用手指着大块头说：“你是靠西边的，那对不起了，不是东风压倒西风，就是西风压倒东风，再说你做的是西装，是帝国主义资产阶级的东西，不把你砸了，我们都没有办法向无产阶级司令部汇报了。”话音一落，大块头的裁缝摊便遭到了洗劫。

这时候，小裁缝吓得缩紧头颈，站在一边话也不敢说一句。倒是大块头有点不服气，他也用手指着小裁缝摊头说道：“我是资产阶级的东西，那他是封建主义的东西，不让我吃饭，大家都没有饭吃。”说完，大块头拿起一块铁熨斗朝着本地人的裁缝摊扔了过去，只听得“啪”一声，那两只搁置三夹板的长凳吃了一记生活，凳脚就断了。

小裁缝没有发声，只是低着头，看着自己的摊头在自己眼前分化瓦解，不由得伤心起来，双手不停地拍胸，唉声叹气。居委会人一见东面的摊头受了委屈，就一不做二不休，索性把大块头的裁缝摊头也砸得粉碎，并告诫他：“明天，不准你摆摊头了，来居委会学习重要文件。”

大块头不服气，就一屁股坐在了凳子上，随手拿起地上的一块布准备揩鼻涕，可仔细一看，这块布料是上等的西装料子，揩不得的，一揩那是要赔顾客钞票的。于是，大块头一转身，跑到了小裁缝摊头，拿起一块花布头就揩鼻涕水了。小裁缝也不吱声，只是睁着一双眼睛看着大块头。大块头却挥了挥手对他说道："都是泥菩萨过江，自身难保呀。"

小裁缝也说："我不是故意要他们来砸你摊头的，再说对我有什么好处呢？"

是呀，裁缝摊都砸碎了，谁也没有好处。

四

也从那天起，大块头的裁缝摊从右边撤走了，居委会让他去扫地。因为小裁缝摊头靠近左边，又是向着东方，东方是太阳升起的地方，是给人间带来光明的，于是，居委会讨论决定，就让小裁缝摊头继续摆在弄堂口。可小裁缝老是觉得没有劲，一个人站在弄堂口，看大块头扫地，等他扫到弄堂口时，小裁缝就把摊头上的碎布头往地上扔。这些碎布头又细又小，粘在地上很难扫清。于是，大块头就火气上来了，骂小裁缝"撮掐"。小裁缝却眯着眼睛看着大块头，然后对他说："你怎么一点也不瘦？"

大块头说："要我瘦，除非我要去西宝兴路了。"

"那不是瘦，是变成一把灰了。"小裁缝说。

"我就知道你最好要我死，我死了，就没有人来抢你左边的摊头了。"大块头说着，就把扫帚往地上一扔，一屁股坐在了小裁缝的摊头上。

小裁缝四处一望，见弄堂里静悄悄的，马上从一堆布里拿出一副象棋，叫大块头一起下棋。大块头不肯下棋，说饭也没有吃了，哪有兴致下象棋。小裁缝就学电影《列宁在 1918》里瓦西里的一句话对大块头说：“面包会有的。”大块头一听，脸上就露出了笑容，顺手拿起裁缝摊头上的一块花布，朝自己头上一蒙，坐在了棋盘前……

不久，有人拿着绿色的布料来找小裁缝做军装，可小裁缝只会做中装，做那种没有肩胛的衣服，于是，小裁缝就对来人说去找大块头做，大块头的西装，讲究的就是袖子挺刮，肩胛神气，所以，军装的要求和西装没有什么区别。

可大块头的裁缝店没有了，喜欢时髦的年轻人就拿着军装料子去大块头家，大块头见有人来找自己做衣服，那股高兴劲就别提了，在他接过布料时，对来人说：“我帮你做，但你要保密的。”

大块头的手艺真是不错，那军装做得要肩胛有肩胛，要腰身有腰身，再用一根军用皮带束在身上，别提多神气了。特别是小姑娘穿着大块头做的军装，那身材真是没话说了。就这样，一传十，十传百，弄堂附近的年轻人都来找大块头做军装了。大块头也就白天扫地，晚上做军装，有时候忙得来觉也没有时间睡。

这时候，大块头想到了小裁缝，小裁缝的手艺做中装也是呱呱叫的，特别是盘花式纽扣，那是没话说的，不管是枇杷纽还是葡萄纽，样样漂亮。再说，都是裁缝，生意应该大家做的。于是，大块头就让小裁缝先把衣服做好，剩下上袖子的活他来做。这样一来，无意之中，这两个裁缝就成了流水线作业，生意也越做越好。这人的胆子随着生意的兴隆也大了起来，小裁缝索性把摊头扩展到了右边，他左右开弓。但了解底细的人都知道，这右边摊头是为大块头留着的。

五

很快，到了改革开放的年代了，弄堂口也成了经济发展的风向口，当老三届的刘伟军（刘伟军的故事，参见拙著《上海十八样》）在弄堂口摆了只箩筐专收各种票证时，大块头也就名正言顺地在右边摆出了裁缝摊头，专门为人做西装。

弄堂口又恢复了两只裁缝摊头，只是人们的称呼改变了，已经不习惯叫左边裁缝、右边裁缝了，直接叫小裁缝和大裁缝。

小裁缝继续做中装，大裁缝还是做西装。但改革开放后，穿中装的人越来越少了，穿西装的人就像春天里的毛竹，一下子都冒了出来，不管男女老少，人人都想拥有一件。这给大裁缝带来了生意，有时候为做西装，大裁缝忙得饭也没有时间吃。这时候，小裁缝就会站在一边看着大裁缝说："早就说过，面包会有的。"

大裁缝就抬起头看了看小裁缝，只见小裁缝摊头冷冷清清，一副象棋零乱地摊在裁缝摊头上。于是，大块头就放下了手中的活，走到了小裁缝摊头前，拿起一枚棋子走了起来。小裁缝却说："不下棋了，你忙得饭都没有时间吃，还下什么象棋。"

大块头说："吃饭有得是时间，却不能错过和你对弈的机会。"

小裁缝说："也是的，身体已经半截入黄土了。"

大块头说：“什么半截？是大半截。”

两位裁缝说着，脸上已经布满了沧桑感。

不久，大裁缝倒在了裁缝摊头上，他是脑溢血突发，无声地走了。小裁缝就接过了大裁缝遗留下来的生意，继续把这些西装做完工，然后交给顾客。这时，人们发觉，小裁缝做的西装，那功夫不输给大裁缝的，件件能和南京西路上的培罗蒙媲美。当人们问小裁缝，你也会做西装，为啥对人家讲只做中装呢？

小裁缝就微微一笑，什么话也不说，仍坐在弄堂口做他的衣服。只是他什么衣服都做了，空的时候，就拿出一副象棋，一个人坐在棋盘前下起了棋。有人见他一个人下棋，就要陪他，小裁缝却说：“别来烦，我在和大块头下棋。”

岁月就这样流逝着，一转眼，弄堂要拆迁了，但小裁缝一直守在裁缝摊头前不愿离去。是的，他的一生是在弄堂里度过的，他不愿离开这里，他甚至希望自己生命的最后归宿像大块头一样，倒在裁缝摊头上，无痛无病悄然离去，那是一件多么幸福的事啊！

终于，弄堂里的人家全部搬走了，小裁缝看着拆迁大队把那块三夹木板搬上大卡车时，他的眼睛模糊了。这块已经红得发紫的木板上有三枚铁钉，整齐地排列在断裂面上。这三枚铁钉就如三只用铁熨头熨过的漂亮的葡萄纽扣，牢牢地粘连着……

老肖家的剃头店

【剃头店】

一

老肖家在弄堂的中间，他家的门就开在客堂间朝东的墙上，面向大弄堂，而且这扇门是一年四季都开着的。

住过弄堂的人都知道，一幢石库门有上下两层，一层为前后客堂间，前客堂外有天井，后客堂靠近灶头间，灶头旁边有楼梯，沿着楼梯上去就是亭子间，亭子间门口有三四级台阶，沿着这段台阶上去就是前楼后楼了。

住在这里的人不是从乌黑的木漆前门进楼去，就是从后面红色的小门进去，但老肖家的门却开在客堂间的腰当中。刚刚开门的时候，就一点点小，像一扇窗。老肖就在家里的小窗前，搁部小扶梯，方便人家来他家里。

每当有人站在窗前叫一声“老肖剃头了”，一个中年的光头男人就会从这扇小窗前伸出头来，然后把木扶梯从小窗里递出来，递给外头的人。外头人就接过扶梯，放在墙壁上，小心翼翼地从扶梯上爬进窗里，进了老肖家。

看来去老肖家剃头是件十分吃力的事，又像做贼，偷偷摸摸的，连个正门都不好进，要翻窗才能剃头。但弄堂里的人就是喜欢去他家剃头，喜欢老肖用热毛巾捂着自己的面孔，用一把锋利的胡子刀在自己脸上刮胡子，最后用一根掏耳朵的竹签伸进自己耳朵里，慢慢地挖。挖得人觉得痒兮兮的，老肖还是挖，一直痒得人家双脚跳起来了，老肖就把手掌伸到人家面前，一看：老肖手掌上摊着几粒黄澄澄的耳屎。于是，老肖和来剃头的人就会相视一笑，剃头的整个过程这才宣告结束。人家拿出钞票往老肖怀里一塞，老肖也不看多少，就把钱放进了一只用文旦皮做成的罐头里。文旦皮虽然已经皱皱巴巴，但仍有一股水果的清香味，而钱放在这样的罐头里，也就没有了铜臭味了。

二

其实，老肖最早在弄堂口摆过剃头摊的，一只铁架子包着皮的座椅，可以升高降低，一面长方形的镜子粘在墙壁上。他的生意很好，和弄堂口的大裁缝小裁缝都是好朋友，而大小裁缝的头都是老肖剃的。每次大裁缝的头剃过后，就显得年轻了十岁，请他做西装的人就多了起来。但老肖最拿手的活是为婴儿剃满月头，只要是弄堂里的小孩满月了，老肖就会把剃头的刀和梳子用酒精认真消毒，然后用一块红布头把刀和梳子包裹起来，挟在腋下上门去剃满月头了。

别小看满月头，这小孩子的头是最难剃的，头还没剃，小孩子就哭，一哭头就乱动。这也难为老肖了，于是，老肖就一边为小孩子剃头，一边轻轻地哼起了扬州小调：“我家乖乖的宝呀，剃头不哭呀，剃下的头发做支笔呀，十八岁以后中了状元呀……”小孩子在扬州小调中慢慢地睡着了。

老肖是扬州人，中等的身材，皮肤微黑，一头浓密的头发，说话带着浓浓的扬州腔。他一个人住在上海，老婆和孩子都在扬州老家。他除了剃满月头外，还有一手绝活，就是为弄堂里的男人剃板刷头。

他剃出来的板刷头，没有一根乱发，用手去摸，就如在摸羊毛毯子一样舒服。

我的阿爸就喜欢找他去剃头，每次去剃头的时候，我就跟着去，而且一定要在他的那把铁椅子上坐一坐，想对着镜子照一照。然后老肖就在铁椅子后面用脚踩几下，这把椅子就升上去了，我就能在镜子里看见自己了。镜子里的我，梳着两根小辫子，一双小眼睛转来转去，老肖就拉拉我的小辫子，我就对他说："什么时候我也剪个像阿爸一样的板刷头。"

老肖就笑了，他说："侬是小姑娘，小姑娘要梳小辫子的。"

我就问老肖为啥？他说："小姑娘和男小囡的分别就在头发上。"

说话间，阿爸就把我赶下了椅子，他说我人小小的，闲话最多。阿爸坐到了椅子上，我就站在边上看老肖剃头。老肖右手拿着一把铁做的剪刀，左手用一把细细的梳子，在阿爸头上一边梳头发一边剪，等剪得差不多的时候，老肖拿了一把割刀在阿爸头发上慢慢地割过去，就像公园里的花匠，用割草机在草坪上修草一样。老肖剃头的手艺在当时我的眼里就是一个艺术活，老肖就是艺术家，他把阿爸的头发剃得一丝不乱，还把阿爸的胡子也刮清了。阿爸从椅子上站了起来，对着镜子照了照，脸上露出了满意的笑容。而我看着阿爸崭新的模样，比他还要满意，甚至对老肖说："以后我要嫁男人也嫁个像侬一样的，帮人家弄得老漂亮的剃头师傅。"

老肖听了就哈哈大笑起来，他说："侬是宁波小娘，最好不要找剃头师傅，剃头的大都是扬州人，要找就找红帮裁缝，红帮裁缝里宁波人多。"听老肖一说，我就用小手捂着面孔说："不要找红帮裁缝，这个红帮裁缝太胖了，胖得像头猪。"

“那找本帮裁缝，他模样好，人又白，又会做好看的衣服。”老肖继续和我开玩笑。

“勿要，就找像侬一样的剃头师傅。”我放下了捂着脸的手，跟着阿爸回家去了，一边走，一边回头和老肖说着话。

那时候，我们生活很简单，也很开心。但有一天，一帮子红卫兵冲进了我们的弄堂，直冲到 29 号，把 29 号袁家姆妈（袁家姆妈的故事，参见拙著《上海十八相》）拉了出来批斗。批斗后，就跑到弄堂口把老肖的剃头刀抢来，把袁家姆妈的头发剪得像乱草堆一样。

老肖见自己的剃头刀被红卫兵抢走了，他就一路跟着过来，于是看见了袁家姆妈站在台子上，戴着高帽子挨斗。当他看见那帮人把袁家姆妈的头发用剃刀一把把剃下来时，老肖的眼泪落了下来。他悄悄地走出了看热闹的人堆，回到了弄堂口，一个人默默地坐在椅子上。他就这样坐着，一直坐到天黑了，左右两边的裁缝都收摊回家了，他还坐着。

第二天，人家发觉老肖那头乌黑的头发上出现了几根白发，他一个人呆呆地坐在椅子上，也不和人说话，也不帮人剃头，整天拿着那把剃头刀翻来覆去地看。

这是一把很普通的刀，是老肖为满月的婴儿剃头时用的，也为很多弄堂里的男人剃过头发的，只是让他想不通的是，像袁家姆妈这样漂亮和有气质的女人，怎么会被人家剪头发，剪得男不男女不女的样子，而身为剃头师傅的自己，手里的剃头刀又是起什么作用的？想到这里，老肖觉得十分内疚，于是，他鼓起勇气，拿起剃头刀直奔 29 号去了。

经过浩劫的袁家姆妈显得十分冷静，当她知道老肖的来意后，就安静地跟着老肖走到了弄堂口，坐在了铁椅子上，让老肖为自己剪头发。

老肖一直是为男人剪头发的，他的椅子除了小孩子坐过以外，只有袁家姆妈一个女性坐在这上面。老肖很认真地为袁家姆妈修起了头发，在短头发的地方修了个平坡式，在长头发的地方修了弯钩式，然后沿着长长短短的发型，一层层剪出层次。

我们都站在边上看老肖为袁家姆妈剪头发，确切地说是修头发。当看到袁家姆妈的脸上露出了一丝丝笑容时，我的心就如一朵花在慢慢地开放，要知道，袁家姆妈在我心目中就是一位受人尊重的长者，她是我的忘年交。当她受到凌辱时，我没有能力来保护她，但看到她脸上露出欣然的笑容时，我在心目中更坚定了一个目标，自己以后一定要嫁给像老肖这样的剃头师傅。

也从那天起，弄堂里的人对老肖更尊重了。但就因为他为资本家老婆剪头发，引起了那帮红卫兵的愤怒，他们把老肖的椅子砸坏，把墙上的那面镜子也敲碎，并勒令他在规定的时间里把剃头摊撤走。

老肖没有争辩，他好像已经有了思想准备。他拿出了那把剃刀，慢慢地在自己的头发上剪了起来。我看着他那头浓密的黑发，像团乌云一样从他的脸上滚下来，顷刻间，老肖的一头黑发没有了，他为自己剃了只光头。然后，他用手摸了摸自己的头，弯下腰把撒落在地上的头发扫干净，用一块布把剃头的工具整齐地放在上面，包好，挟在腋下向着回家的路走去。

我望着老肖的背影，他那光光的头，在太阳的余晖里闪闪发光。

也从那天起，老肖在弄堂口的剃头摊消失了，同时，他的头发再也没有长长过，就是长出来了也就三四根头发，就如他的姓，“月”字头上三根头发一样。

三

但弄堂里的男人们还是去找他剃头，我阿爸的头发非老肖不剃，于是，在大家的要求下，老肖在家偷偷为人剃头。为了方便大家进出，老肖就在客堂间的腰当中开了一扇小窗，让剃头的人直接进来。

后来，各方面政策都有了松动，街道里的人对老肖家的剃头事情也一只眼开，一只眼闭，好歹老肖也是为人民服务的。于是，在大家的默认下，老肖就把那扇窗开得更大一点，直接在外头放了一把扶梯，让人进出方便。

我们一帮小孩子喜欢去爬这把扶梯，爬到窗口处，再从扶梯的边沿上滑下来。有时候，老肖听到我们的嬉闹声，他就从窗口伸出脸来看着我们玩，并拉我们的小辫子，对我们说：“再来爬楼梯，就把你们的小辫子剪掉。”我听了就笑，我说最好剃只板刷头。老肖就说，小姑娘剃了板刷头就嫁不出去了。不过他又说：“没有关系的，我在扬州有个儿子，侬就做我家媳妇。”我说好的，只要是剃头师傅的儿子，他以后肯定是剃头艺术家。

不久，老肖家多了一个男孩子，他穿着一件圆领衫，操着一口正宗的扬州话，剃了一只桃子的发型，后脑勺留着一撮长长的头发，就如一根猪尾巴拖在脑后。我们都觉得奇怪，一个男孩子怎么也留着长发？老肖告诉我们，这是他的儿子，小名叫丫头，这次来上海是找工作的。

我们听了都笑了，男孩子怎么会叫丫头？于是，我们就叫他小丫头。后来随着我们长大懂事才知道，原来丫头生下来就多病多灾，老肖就根据扬州人的风俗习惯，给儿子起了一个小姑娘的名字，并在后脑勺留了一撮长命头发，等到丫头十八岁后再剪去。于是，我们这帮小姑娘就带着好奇心，等待着丫头的那根猪尾巴剪去的日子。

不知不觉，我都到了二十岁的年龄，并在母亲的陪同下，去四川路上的一家理发店烫了刘海，去照相馆拍了张二十周岁纪念的照片。回到弄堂时，却看到老肖家在破墙开门，小丫头和老肖不停地拌着水泥涂墙。这时，我发觉小丫头那撮留在后脑勺的长发剪去了，前额头上仍留着桃子的发型。

老肖见到我就说："小娘居[1]，头发烫过啦，以后要烫头发来我家烫。"

我就说："你不做女式头发的呀！"

小丫头插话道："我会做女式头发，下次我帮你烫头发。"

我一听，顿时来了兴趣，我相信小丫头的手艺，于是就说："那好，你帮我烫头发。"

小丫头走到我面前，伸出手来摸我的头发，他说："你已经烫过了，再烫，头发要脆掉的，只好等一个月后，等我的理发店开出来，你再来烫头发吧。"

① 小娘居：宁波话，小姑娘。

“你啥时候学会烫头发的？你也会剃板刷头吗？”我对小丫头产生了兴趣，同时相信老肖的儿子也一定是个好剃头匠。

“那当然，我的手艺就是我阿爸教的。”小丫头一副得意的样子。

过了几天，弄堂里响起了一阵鞭炮声，老肖家的那扇窗变成了一扇门，门是用一张铅皮做成的，光亮如新的铅皮在太阳下闪着耀眼的光泽，在一团光环中，用红漆写成的“老肖理发店”五个字，就如老肖脸上那股灿烂的笑容。肖家父子俩站在门口，向过往的行人抱拳致意，看见男人就发香烟，看见女人就发大白兔糖。看见我了，老肖就叫小丫头快去拿东西给我。我说什么东西呀？只见小丫头转身进了里屋，又飞快出来。小丫头双手背在身后，叫我伸出手来，闭上眼睛。我照小丫头的话做了，只觉得我的手上沉甸甸的，一只光滑的小东西放在了我的手心里。我睁开眼睛一看，咦，这是什么东西呀？一只鸭蛋形的小盒子，还有一股淡淡的茉莉花香味。小丫头就笑着对我说：“这是我们扬州人的粉饼，送给你。”

我一听是扬州粉饼，开心呀。常言道，扬州出美女，为啥出美女呢？因为有粉饼，女人以白为美，一白抵三巧。但我也知道，这盒粉饼不能白拿的。于是，我走进了“老肖理发店”，成为该店的第一名女性顾客。随后，弄堂里喜欢漂亮的女人们都在这里烫发理发了。

四

过了几年，老肖家又多了一位女子，她长得白白胖胖，那张粉嫩的小脸就如盛开的桃花，一双水汪汪的眼睛顾盼生情，特别是她在看小丫头时，那份神情就是一个“痴”字。而这时候的小丫头已经不留桃子发型了，他的头发都烫过了，一根根头发弯弯曲曲，就像外国人。我们也不叫他小丫头了，叫他小肖师傅。这位小美女就是小肖师傅在扬州时的青梅竹马，她从扬州来到了上海，成为“老肖理发店”的一个帮手，我们叫她“小桃花”。

几个月后，老肖家又来了一个女人，那女人长得如瘦西湖边上的杨柳，说着一口好听的扬州话，梳着两根长长的辫子。弄堂里的人死也不相信，这个女人是老肖的老婆。但这是事实，事实证明，这个女人来到“老肖理发店”后，她每天清晨倒马桶、洗衣服、做饭，照顾着她的丈夫和儿子的生活起居。

老肖那间客堂间已经住不下他们四个人了，更不用说为人烫头发和理发了。在街道的同意下，老肖在弄堂对面的一块空地上搭了一间简易屋，专门为理发所用。

新开张的“老肖理发店”，宽敞明亮，四面通风，就如一间警卫室，坐落在弄堂的对面，不管是谁走进走出，理发店里都能一目了然。而最主要的是，小肖师傅的手艺已经超出了他的父亲，特别是盘女式花样头，在附近地区那是数一数二的，而那个“小桃花”也学会了修眉毛、漂红嘴唇等美容手艺。老肖也退出了第一线，只在幕后为他们做后勤工作。

但我们还是喜欢叫这家店为老肖家的理发店，喜欢去那里坐坐，聊聊天，顺便翻翻放在桌子上的美容书和新款发型书。生活是在不断地变化，人也会变的。一转眼小丫头也做爸爸了，他生了个儿子，并在儿子的后脑勺上留了一撮像小狗一样的尾巴，只是儿子有一个非常响亮的名字，叫肖宏伟。

如今，小丫头已经成了老肖，并在热闹的路口开了一家美容美发店，店的名字我就不讲了，但那个叫肖宏伟的儿子已经长得一表人才，同时他向家人申明，自己是不会再做理发师了，他的目标是做电子软件开发师，他要发明一款计算机软件，只要把这个软件放在人的头上，输入一定的程序，那整套的理发和美容程序就能全部完成。

看来，老肖家还是和理发这个行业断不了联系，因为时代再怎么前进，传统的东西永远会存在，只是更新和传承的问题吧。那我们就看肖宏伟，这个肖家第三代是怎么传承理发这个行业的。

孔先生的『小人书』摊

【“小人书”摊】

一

这里讲的小人书就是连环画，在我的文学生涯中，最早受到的文学启蒙并不是来自我的语文老师，而是来自在弄堂口摆“小人书”摊的孔先生。

这是有三四架木头做出来的一层层像排门板一样的书架子，书架上放着上千册的连环画，还有两三条长凳，零散地排列着，偶尔还有几把竹椅子是供我们小孩子坐的。小人书摊放在弄堂口烟纸店的旁边，左右是大小裁缝的摊头。可以说，小人书摊是摆在弄堂口风水最好的地方，冬天可以晒太阳，夏天可以乘风凉，走进走出的人，不管看不看小人书，都可以坐在凳子上休息或是聊天。

书摊主人是山东人，他瘦长的个子，身骨子笔挺，走路的样子十分神气。他戴着一副近视眼镜，一年四季穿着灰色的布长衫，脚上穿着一双厚厚的布底鞋子，言语不多，一副学问很深的样子，弄堂里的人都称他为孔先生。孔先生十分喜欢我们小孩子，因为他和孔师母没有生孩子。

每天天一亮，孔先生就背着厚厚的书架从家里走出来，走到摆书摊的地方，他就将书架往墙上一靠，打开书架，把小人书一本本放好。中午的时候，孔师母拎着个三层抽屉式的铝饭盒子给他送饭来，孔先生就把长凳子排成一个方形，夫妻俩就坐在凳子上吃饭。晚上，天要黑了，他会等着没有看完小人书的人，直到天墨墨黑了，连自己的手都看不清了，人家才会把书还给他。然后，孔先生就把书架收拢，把部分书从书架上取下来，放进随手拎着的木箱里，背着书架回去了。

二

我的父亲也喜欢看小人书，并且与孔先生的交情非常好。父亲每次去弄堂口的剃头摊剃头时，一定会问孔先生借几本小人书带回来的。那时候，一分钱可以借三本小人书，父亲就会出两分钱，带六本书回来，放在家里，啥人想看都可以拿着看。

在我的记忆中，第一次接触小人书，是在我还很小的时候，大约三四岁吧。父亲去弄堂口的肖家理发摊剃头，我哭着要跟去，于是，父亲就抱着我到了孔先生的小人书摊，让我坐在孔先生的大腿上，他自己拿着一本小人书，坐在剃头的椅子上一边笃悠悠地剃头，一边津津有味地看书。

孔先生见我不停地哭，就拿了一本五颜六色的小人书塞到了我的手里，我打开一看，就不哭了，拿着书一页一页地翻了起来。就这样，我喜欢上了小人书，也从看小人书到看文学作品，再看世界经典作品，直到现在，我自己创作文艺作品。这与我在孔先生的小人书摊上吸收到的文学营养是分不开的。

后来，父亲见我这么喜欢看小人书，他就每天下班回来时，在弄堂口问孔先生借几本小人书，趁我们睡着时，一口气看完，然后就把书放在我的枕头下，等我第二天醒来时，就会在枕头下抽出小人书来看。我无形中也养成了一个习惯，喜欢躺着看书。在那个时候，每家人家用的都是一种蜡烛灯，在灯光很暗的床头，我也会津津有味地看，甚至通宵达旦。

在此，我以缅怀的心情，来讲一讲孔先生和他的小人书摊。

在我的脑海里，一说到小人书，眼前就是《孙悟空大闹天空》《真假李逵》《宋士杰》《三侠五义》《小五义》《武松打虎》《桃园三结义》《画皮》《唐伯虎点秋香》《三打白骨精》《茶花女》《鲁滨孙漂流记》《朝阳沟》……古今中外，林林总总。那些堆在孔先生书架上的小人书，恐怕用我的一生都看不完呢。何况，当时的我还是一个小孩子，用手只能摸到眼前的一二排上的书，那放在高高的书架上的书，我只能望之兴叹，也知道放在上面的书不是我们小孩子能看懂的，那就等我长大了，再来看吧。

那时候，娱乐活动很少，也没有电视和电脑，更没有智能手机，最大的乐趣就是看电影，还有就是看小人书。等我再大点时，我就问父亲要一分钱，自己去孔先生那里借书看。如果是两个小朋友，每人拿一分钱，那就能借六本，而且可以调着看。所以，我经常问父亲拿一分钱，借三本小人书坐在弄堂里，等别的小朋友来借书时，我就自告奋勇把手中的两本书借给他们看，那么，别的小朋友也会把他们借的书给我看的，这样我就会在小书摊上坐上一天。应该说，这样的方法，孔先生是吃亏的，但他从来不计较，只要有人坐在他的书摊前，哪怕是不付钱要看书，孔先生也借给人家看的，何况是我们这样的小朋友，付了一分钱看上十几本书，孔先生从来不说一句话，只当没有看见我们在交换小人书。

三

刚看小人书时，还不识字，那就看画，看《猪八戒背媳妇》，看《三毛流浪记》。再大一点，就会拿着小人书问孔先生，书上写的字是什么意思？孔先生见问的小朋友多了，他索性就叫我们大家坐下来，几个人凑在一起看一本小人书，他就讲故事给我们听。这个故事，其实就是小人书上的内容，他捧着小人书，用一半山东腔的上海闲话，一半普通话念着。也就是这样，我开始识字的。

应该说是猜字的，只是我记性好，每次孔先生念书时，我就记着了，后来有些字是根据字的一半来猜的。比如："妈妈"，把"女"字去掉就是"马"，发音是一样的；"狠"和"恨"，也一样发音。

就这样自以为识字了，也就拿着小人书一本正经看了起来。看到不懂的地方，再问孔先生，孔先生就用咬字不清的普通话读给我听，我也稀里糊涂地把这些字的发音记了下来，变成了自己的语言。不管怎样，我从心底感谢孔先生，是他的小人书让我爱上了文学，并种下一个梦想，将来，我也要写书，把书放在孔先生的书架上，让小朋友们来看。

那时候，看小人书成了我生活中最重要的事情，有时候，肚子饿了，只要看到小人书就会忘记了饥饿，长此以往，我得了严重的胃病，并在不惑之年，胃大出血，在医院住了半个多月。但我还是手不离书，当然那时候已经没有小人书看了，看的是各种资料书和历史小说，因为自己要创作，需要掌握更多的史料。这是后话，只能在故事中点到为止，还是继续讲孔先生吧。

孔先生的小人书摊一年四季放在弄堂口，就连过年时，他也不放假。其实过年时，是他生意最好的时候，不但本弄堂里的人来看小人书，就连走亲戚的人也来看书，所以，这个时候也是孔先生最忙的时候。这人一忙，精神也好起来，平时话语不多的孔先生，满脸带笑，看见我们小孩子就给糖果吃，并实行优惠活动，两分钱借七本小人书，借五天免一天费用。这样一来，我父亲最高兴了，因为我家兄弟姐妹都喜欢看书，只要有书看就不吵嚷，也不叫肚子饿了。不然过年时，家里人多，挤来挤去，只想着吃，而捧着小人书，就进入了另外一个美好世界，一切都安好了。

四

但这样宁静得如童话般的日子很快就要消失了，因为，有人说孔先生是从山东逃亡过来的地主,是孔子的后裔,属于“地富反坏右”;更有可能是国民党潜伏在大陆的特务,利用小人书摊收集各种情报,并说他家藏有一台发报机，每天晚上，在大家手捧着看他出租的小人书时，他却躲在家里偷偷往台湾发报。

这个消息就如长了翅膀一样在弄堂里飞扬着，大家在茶余饭后一边拿着小人书看，一边偷偷说着孔先生的事，就连我这样的小孩子也知道了孔先生是坏人的消息。是呀，看他那腰板笔挺的样子，就连背着书架时，他的身子也是不斜倾的，如果没有受过专门的军事训练，是不会有这样的好功夫的。再说弄堂里像他这样年纪的人能识字，能论古道今，也是稀少得很，那孔先生不是“地富反坏右”，就是国民党特务了。

如果孔先生真的是坏人，那我们怎么办呢？这些小人书又怎么办呢？难道小人书上也有孔先生收集的情报？就如我们看过的电影中，特务发报都是有密码的，那些阿拉伯数字和各种字符都是可以当密码的。于是，我们几个小朋友把小人书一本本拆开来，看看其中有什么奥妙。但小人书上除了印有锈了的钉书钉的痕迹外，什么也没有。

但我的心里对孔先生产生了一种说不清的感觉，每次去他的小人书摊时，我就看他的脸。孔先生长着一张国字脸，四四方方，浓眉大眼，一副眼镜架在鼻梁上。他发觉我在看他，就问我要看什么小人书？我说不看小人书。孔先生又说，不看小人书那看啥呢？我说看你的脸，孔先生说自己的脸上没有小人书。我说看你像不像坏人。

孔先生一听，他的眼睛在镜片后面眨了眨，就转身去整理书架上的小人书了。我望着他的背影，心里在想，孔先生说不定真的不是坏人哦，你看他一副正气浩然的样子，就像小人书《红岩》里的许云峰，对的，孔先生像许云峰，那他怎么会是坏人呢？坏人都是贼头贼脑的样子，形象猥琐，就如小人书《十五贯》里的娄阿鼠。于是，我就天真地对孔先生说："有人说你是坏人，是国民党特务。"

孔先生问我："你觉得我像吗？"

"不像，但我觉得你像许云峰。"我答。

"生活中没有许云峰这个人，他是假的，是文学创作出来的。"孔先生说。

"什么叫文学创作？"这是我第一次听说"文学创作"一词。

"就是把真真假假的事情当成真的故事。"孔先生怕我人小，搞不清楚，就简明扼要地说道，然后，他用深沉的语气继续说着："古人为什么说，行万里路，读万卷书。那是我们的人生有限，经历有限，只有通过不断实践和读前人留给我们的生活阅历，才能让我们知道更多东西。读书能明志，励精，奋进。"

孔先生的话我认真听着，在我那个年纪我没有完全听懂，但我记住了，并永远记住了。

等我长大了，也进行文学创作时，我就明白了文学创作是一种特殊的复杂的精神活动，是作家对生命的审美体验，是通过艺术加工创作出可供读者欣赏的文学作品的创造性过程。至于“行万里路，读万卷书”，已经成为我的生活法则。但在当时，我还不懂，只能用一个孩子的思维方式继续着和孔先生的对话：“那你像孔子。”

“为什么我像孔子？”孔先生又问。

“因为你姓孔。”我答。

孔先生就笑着说：“不是所有姓孔的人都会像孔子，不过我真的是孔子的后裔。”

“什么叫后裔？”我问。

“就是子孙。”孔先生答道。他说话的时候，脸上洋溢着一股淡淡的笑意，那副眼镜后面眼神凝重，仿佛他有很重的心事。但他却以一个长辈的身份和我说着话，声调缓慢，并弯着腰低下头，从书架上取下一本小人书，交到我的手上，说是送给我的。当时，我没有去看小人书的内容，只是昂着头看着眼前的孔先生，他穿着一件薄薄的长衫，站在弄堂口，站在他的小人书摊前。微微的风吹过弄堂，拂起他那件长衫的一角，暗淡的阳光把他的身影投在地上，就如一张薄薄的黑纸铺在地上，一只小小的蚂蚁就可以爬到孔先生的身上。我不由得打了个寒颤，两股清水从鼻孔里流了出来。孔先生就用他的衣袖为我擦去鼻涕，他对我说：天要冷了，回家去吧，慢慢地看小人书。

这是我和孔先生最后一次的交谈，也是最后一次站在他的小人书摊前，而他送给我的那本小人书《双玉婵》，留给了我很深的印象。

这本书讲述的是一个十八岁的姑娘嫁给一岁孩儿郎的爱情悲剧故事，但没有想到，孔先生的命运和《双玉婵》中悬梁自尽的曹芳儿一样，只是孔先生是用一种更为悲惨的方式结束生命的。

五

几天后，我在一觉睡到了天亮的惬意中，蒙蒙眬眬地听到父亲说话的声音，他说孔先生死了。我一听马上从床上坐了起来，使劲擦拭我的眼睛，我不相信父亲的话，我以为自己是在做梦。可我真的听见很多人说话的声音，他们都在说孔先生死了，孔师母也死了，他们是吊死的。

我一听，浑身汗毛都竖了起来，两个身材细长的人影顿时出现在我的眼前，孔先生站在小人书架前对我笑着，孔师母提着铝饭盒为孔先生送饭，他们坐在一起吃着饭，一副其乐融融的样子。

当我跟着大人们走到孔先生家门口时，孔家门口已经围了很多人，那一排排的书架零乱地倒在地上，就如一个老人浑身散了架地躺着。从我家门口到孔先生家门口，散了一地的小人书，所有的小人书都被撕得粉碎。

周围的人在讲着孔先生的事情，说他真的是从山东逃亡来的地主，还是孔子的几十代后裔。前几天从山东来了几个人，他们要押孔先生回老家去接受贫下中农的审判，并当着孔先生的面，把所有的小人书一本本撕毁了。

孔先生平时虽然话语不多，但骨子里有那种可杀不可辱的士大夫精神，这些小人书是他生命中的一切，是他的寄托。再听说供奉在老家的孔子像都被砸得粉碎了，想到自己身后无子，也无牵无挂，与其活着被人凌辱，不如干净死去。于是，夫妻俩趁着夜深人静时，抱在一起痛哭一场后，就决定自尽，留一生清白去见自己的祖宗。

孔先生拿出了一床洁白的床单，把它一撕为二，一半给了孔师母，一半给了自己，然后，夫妻俩把白床单挂在了书架上。孔先生的个子很高，于是，他就跪着双膝，踮起脚尖，硬是把自己吊死了。

孔先生没了，弄堂口的小人书摊没有了，我们的童年也结束了。

十几年后，在法国巴黎蓬皮杜文化中心，举办了一场中国连环画展览，展览的形式很别致，地上摊了一堆书，书的周围摆了一圈小凳子，还把连环画一本一本挂在墙上，就像孔先生把小人书一本一本放在书架上一样。法国媒体称：中国把图书馆开到了马路上，这是一种在街头传播文化的方式，是中国最早的图书馆。

如果说小人书摊真的如法国媒体所说的那样，是中国最早的图书馆，那么我们的孔先生就是图书馆馆长之一，他启蒙了我们这一代人的思想，促进了我的文学细胞的生长，让我懂得了读书的意义，并且成为一个作家。

肆
小皮匠

【小皮匠】

一

“小皮匠”是弄堂里的人对修皮鞋者的称呼。

虽然只是称呼，但又多了几分亲切感。随着时代的变迁和生活水平的提高，上海的很多传统行当正在渐渐消失，只有修皮鞋的摊头在林立的高楼大厦中，在繁华的都市夹缝里，还是可以见到。特别是那些上了年纪的“小皮匠”，更是成为上海滩传统行当中的稀有元素，也是上海人生活中永远不能离开的。

其实，小皮匠这个称呼是在滑稽戏《七十二家房客》里叫出来的，也是剧中最有戏份的一个角色。在我曾经生活的弄堂里，也有一个修皮鞋的摊头，摆放着各式各样的旧鞋子，一个皮肤黝黑的老头，胸前围着一块斑斑驳驳的橡皮围单，一双手又黑又厚，一副老花眼镜架在鼻梁上，两只鼻孔墨黑，一只又肥又厚的耳垂上吊了一个耳环，他坐在一只板凳上认认真真地在修鞋子。虽然他已是花甲之年，但也是从年轻的时候走过来的，否则又怎么会叫他小皮匠呢？

我说的那个小皮匠他最早是有名字的，一个非常好听的名字——春生。春生是在苏北宿迁出生的，听他家奶奶说过，春生是在春天里生出来的，出生那天，家里的梅花开了，一朵朵梅花红得像女人擦嘴唇的红唇膏。于是，奶奶以苏北人的习惯给这个孙子取名为春生，将他作为一个姑娘来养。等他长到三岁时，奶奶就拿了一把黄豆在锅里炒一炒，趁黄豆热的时候取出一粒在春生的耳垂上磨来磨去，其余的黄豆就叫春生吃。就在春生吃黄豆吃得喷喷香时，奶奶就把手里的那粒黄豆换成了一根针，猛地一下子在春生的耳垂上扎了一个小洞，春生痛得叫起来：“我的妈妈呀。”奶奶对春生说：“男孩子打耳洞，一生不愁病。”说话间，奶奶已经用一根茶叶梗子塞进了这个耳洞里。过了几天，春生就戴上了一只银的耳环，每天无忧无虑地快乐成长着。

二

转眼春生十六岁了，他要出门学生意。于是，奶奶就托人把春生带到了上海，让他自己去找个生意学。春生不识字，但奶奶对他说：“不识字可以活，不识人头没有饭吃。”

春生跟着同乡来到了上海。那个同乡是擦皮鞋的，他就对春生说：“要不你也擦皮鞋？”春生听了就摇了摇头说：“不好，跟你一样，那不是抢你的饭碗头了？”那同乡一听心头顿时一热，想春生真是一个好小伙子。于是对他说：“我擦皮鞋，你修皮鞋，这样我们还可以互相配合，如果我这里擦皮鞋发觉谁的鞋坏了就介绍给你，你帮人家修好皮鞋了也帮我介绍生意？”春生一听，觉得此话非常有道理，于是他就拜了一个修鞋的师傅学起了生意。转眼三年过去了，春生学会了修皮鞋，纳鞋底，捶鞋帮，撑鞋跟，凡是跟鞋子有关的手艺，春生都学会了。同时，学徒期一满，也就意味着要离开师傅自己独立门户了。

于是，春生就告别了师傅，来到我们的弄堂里，借了一个亭子间住了下来。当他刚走进我们弄堂时，他就被弄堂口的孔先生小人书摊、老肖的理发摊和大小裁缝摊吸引了，他心里想：“好啊，这个弄堂口人气旺，也是我修皮鞋的好地方。”

第二天春生就背着一个包裹，拿着一个小板凳坐在了弄堂口，他和自己的师傅一样，像模像样地摆起了修皮鞋的摊头。这时，大小裁缝和老肖都好奇地围了过来，当老肖知道这个个子小小的修皮鞋的人居然也讲着一口苏北话，顿时对春生产生了好感。可大裁缝是宁波人，他打心眼里对苏北人还是有看法的，特别是他知道了春生已经快二十岁的人了，但个头就如一只“没龄草鸡”。“没龄草鸡”是宁波人形容那些个子小巧的人的，于是大裁缝就用他浓浓的宁波话对春生随口说道：“小皮匠，这弄堂生活的饭是交关难吃的。”大裁缝这样一说，无意中为春生的皮鞋摊头起了牌号——小皮匠。但小裁缝是本地人，他对大裁缝的观点并不认可，也随口对春生说：“小皮匠，别听大块头瞎说，他是想吓吓你，叫你滚蛋的。”

老肖可听不惯了，就走到他们中间说：“我是专门让大家整洁大方，出门光亮鲜活的剃头匠，你们两个裁缝也算是为人创造美好生活的，还有孔先生的小人书摊是给人长知识的，难道就不允许小皮匠为人家修鞋子吗？”

孔先生听了也插嘴道：“俗话说，嚎头嚎头就在一个头上，蹩脚蹩脚就在一个脚上，这样也好，弄堂口多了一个小皮匠，那也是有头有脚热闹了许多。”

小皮匠的名号就这样被叫开了，弄堂里的人再也不用拎着一双鞋子去很远的地方修理了。而小皮匠这个称呼也一直伴随着他的一生，同时见证了他修皮鞋的事业，再也没有人叫他为春生了，就连他的老婆也称他为小皮匠。

在这里还是讲一讲小皮匠的老婆吧。她叫什么名字没有人知道，大家就叫她小皮匠老婆。她生得白净漂亮，是个大块头。别看小皮匠现在人墨黑，年轻时也是一个白面书生的样子，只是他每天坐在弄堂口，风吹日晒，几十年下来就是一块石头也要风化了，更别说是一个人了。而小皮匠老婆却每天坐在家里，冬天抱着汤婆子，夏天嗑着香瓜子，春天睡着大懒觉，秋天就颠着一身肥嘟嘟的肉回苏北老家去看爹娘了，回来的时候从苏北带来很多农副产品，她就把这些产品该腌的腌起来，该风干的风干，该藏的藏起来，这样一年四季也有吃的了。她从来没有上过一天班，全家老小就靠小皮匠为人修鞋的收入生活。但这家人家的生活过得非常滋润，小皮匠老婆还生了四个孩子，两男两女，坐下来正好一桌麻将台子。

想想那时候，一个靠修皮鞋为生计的人居然能养活一家六口人，真是不容易。但最不容易的是小皮匠的手艺活了。无论是什么鞋子，只要到了小皮匠手里，就能整旧翻新。他最早是帮人家做好的布鞋子打鞋底，他用的橡胶底都是新的橡胶，然后用一根钢锤在橡胶底上磨，再钉上钉子。后来有了回力橡胶鞋，他就补鞋洞。至于修皮鞋，对他来说更是易如反掌，无论什么疑难杂症，只要皮鞋到了他手里，都能迎刃而解，而经他修过的鞋子穿在脚上，不管是生脚刺的老人还是小脚老太太，穿了都说舒服。

三

自从小皮匠的修鞋子摊头在弄堂口安下据点后，无论社会怎么动荡和变迁，他都岿然不动，一年四季地摆着摊。这也奇怪哦，好像他从来不生病的。是不是他那耳朵上的银耳环保佑了他一世不生病？但弄堂口摆摊头的大小裁缝和老肖还有孔先生，他们却知道小皮匠是会生病的，而且有严重的鼻炎。他的脸色非常黑，黑得来分不清是红还是黄，但他为了生活，还是天天在摆摊头。特别是到了春节前，他忙得连吃饭的时间也没有，甚至连擦个鼻涕的空隙也没有。就是这样一位勤恳老实巴结[①]的小皮匠，却有一个多星期没有出来修鞋子。

那是一个凄凉的早晨，小皮匠听到了孔先生去世的消息，他的心里非常难过。小皮匠是个没有读过书的人，但他心里非常崇拜有文化的人，特别像孔先生那文质彬彬的样子，在小皮匠心目中就如圣人，他也经常对家里的小孩子说："要好好读书，做个孔先生一样有文化有知识的人。"如今有文化有知识的孔先生死了，这对他来说是件非常痛心的事情，他心里也明白孔先生为什么会死，但他文化有限，嘴里表达不出来，只能用自己的方式——罢工来表达对孔先生去世的哀悼。随着小皮匠罢工，老肖也为袁家姆妈罢工了，最后大小裁缝摊头也被砸得稀巴烂。一向热闹的弄堂口这下子显得冷冷清清，那些大革命串联回来的人，拎着要修的回力帆布鞋聚集在居委会，纷纷要求小皮匠出来修鞋子。于是，居委会的人就上门去求小皮匠出来工作，说他是继承和发扬了革命的传统，什么新三年旧三年缝缝补补又三年。再说那些革命小将是为了将革命进行到底，他们穿着小皮匠修好的鞋还要去修地球。但小皮匠捂着自己的鼻子说："发鼻炎了。"

小皮匠用罢工的方式表达了自己的思想，他这一罢工就罢了一个多星期，他天天待在家里和老婆一起在床上"孵豆芽"。这人也怪了，平时风里来雨里去习惯了辛苦，这几天豆芽孵下来就发觉人不对了，鼻炎严重了，头也痛了，最要命的是膝盖也酸痛了，连吃饭时牙齿都摇曳了。于是，小皮匠对老婆说："这人不对劲呀，看来我是一个劳碌命，享不得福。明天还是去修鞋子吧。"

① 巴结：上海话，勤勉。

第二天，天蒙蒙亮，小皮匠和他的老婆就偷偷摸摸地走到小弄堂口，他先探出半个身子朝大弄堂口看，看了很长时间见弄堂口没有动静，于是，小皮匠老婆也扒在自己老公的背上看弄堂口有没有摊头摆出来。这对夫妻看了很长时间，弄堂口静悄悄的。于是，夫妻俩忙回到亭子间里，马上钻进被窝。小皮匠用苏北话对老婆说："没得人出来摆摊头，看来我是不能先出去修鞋子的，否则被他们说我是财迷，死要钱，不讲义气。"

小皮匠老婆听了，觉得自己老公有腔调，就用肥肥的手掌在小皮匠背上一拍道："我家不缺这点钱。"

四

休息了几天，小皮匠的鼻炎更厉害了，他也实在憋不住了，他知道自己是贱骨头，是个做胚，只好出来修鞋子了。

小皮匠来到自己的修鞋摊头，当他掀开蒙在摊头上的那块油布时，不由得眼睛睁了老大，乖乖隆地东，几天不出来，要修的鞋子堆成了山样高。于是，小皮匠马上围起橡胶围单，低着头修起了鞋子。小裁缝见小皮匠出工了，他也出来了，弄堂口也恢复了往日的情景，显出了革命的力量，促进了生产。于是，居委会为了表扬小皮匠的无产阶级觉悟，就发给他一块红袖章，让他戴在左手臂上。袖章上用黄色的油漆写着三个字"造发派"，小皮匠成了弄堂里唯一的一个造反队员。但他根本没有时间去造反，也没有时间去管别人的事，要他修鞋子的人多得要排队。于是，小皮匠老婆就在鞋子摊头边上放了几只长板凳，让那些穿着要修的鞋子来修鞋摊的人可以坐着。

小皮匠永远有修不完的鞋子。随着时代的变迁，他左手臂上的袖章也在不断地更换着。那块造反派袖章后来改成了一个卫生员袖章，弄堂里的卫生也叫他负责。小皮匠老婆就对小皮匠说："居委会的人蛮撮掐的，知道我们修鞋子有皮屑和碎料，就叫你负责卫生，这不明摆着要你修鞋子时不能乱放东西嘛。"小皮匠听了就笑笑，用那双又黑又厚的手擦了擦鼻子，继续修鞋子。再后来，他的卫生员袖章换成了治安员袖章，那些想来弄堂里偷东西的小偷，一进来就看到一个黑金刚坐在弄堂口，想偷东西的心都没有了。这块治安袖章也被小皮匠一直戴到老，戴到了弄堂拆迁。

在弄堂要拆迁的那段日子里，人人都有点失落感，特别是小裁缝，差一点成为强迁户。但小皮匠却对老婆说："我修鞋子修了几十年了，我那鼻子一天到晚嗅有刺激的东西，不生鼻癌已经是万万大幸了。我也想明白了，弄堂拆迁了，我这鞋子也不修了，我陪你出去游山玩水，先去我们的扬州玩玩，也享受一下人家说的早上皮包水，晚上水包皮的生活。再去北京看看，看看天安门城楼上太阳是怎么升起来的。"

小皮匠老婆一听，开心呀，她对小皮匠说："是的呀，你从来没有跟着我回家里去过，一天到晚修鞋子，修得来东南西北也分不清了。再说，我们也都老了，再不出去走走，以后就走不动了。"

于是，小皮匠把摊头收了，和动迁组签了合同，高高兴兴地搬了新家。到了新家后，小皮匠就实践了自己对老婆的承诺，去扬州玩了。然后去了北京、云南等很多地方。但他只要静下来，浑身就不舒服。再说他的邻居都是老弄堂里一起搬过来的，有的人只要鞋子坏了就会上门叫他来修。刚开始时，小皮匠老婆就对人家说："我们不修了，不要到我家里来。"可时间一长，小皮匠觉得老是回绝邻居不好意思了，就对老婆说："都是老邻居了，不修难为情。"小皮匠就在家里帮人家修。这样一来，一传十，十传百，就连在附近办公的白领们也拎着鞋上门来找小皮匠修了。于是，小皮匠只好重新出山，在附近找了个空地，摆出了修鞋子的摊头。他的名气在附近也越来越响了，特别是在繁华的都市里，人人要穿好看的鞋子，但会修鞋子的人是越来越少了，更别说像小皮匠那样有着丰富修鞋子经验的匠人了。

五

大家继续叫他为小皮匠，小皮匠仍然是居委会关注的人物，特别是到了每月十五日，是社区为民服务的日子，小皮匠就将修鞋的摊头摆到了小区里去，而且是免费为民修鞋。这样一来，小皮匠的口碑呱呱叫，街道就专门为小皮匠找了个门面，还派了几个小徒弟跟小皮匠学手艺。此时的小皮匠已经七十多岁了，他也从一个修鞋匠成为一个技师，带着他的徒弟专心致志为居民修鞋。随着这些徒弟的出道，修鞋摊头也变成了一个个干净整齐的连锁店，成为社区为民服务的便利店。

时代在不断地前进，新潮的东西也层出不穷，很多传统的东西因为没有人传承，也在渐渐地自行消亡。所幸的是，小皮匠这样的角色在我们的大都市里随处可以看到，他们的存在，也是上海老行当的一种幸运。但愿小皮匠们永远与时俱进，保持传统，汲取新生事物，让传统的手艺活得到新生。

伍 姚大师的前世今生

大仙

一

这里说的姚大师是我的邻居，他家的朝南窗口就对着我家的朝北小窗口，所以，姚大师家发生的事情我都能看到。

那时候，姚大师还是一个小孩子，他经常靠在窗口，用面镜子在照太阳。有时候，他把镜子对准我家窗口一闪一闪，我就知道，这个小姚仙在叫我了。为啥叫他小姚仙呢？因为他的父亲是个算命先生，人称姚大仙，那么姚大仙的儿子就是小姚仙了，小姚仙也是姚大师的前世。

在我们弄堂里被称作先生的人很多，只要是男士都被称作先生。可真正称作先生的人是指有文化的人，如在弄堂口摆“小人书”摊的孔先生，那是真正的文化人，他戴着一副无框的眼镜，穿着一件长衫，举手投足之间就是一个先生的模样；接下来被称作先生的就是算命先生姚大仙了。

大家都认为，算命的肯定是个瞎子，戴着一副墨镜，拄着个拐杖，穿件破烂的长衫，前头有个引路的小孩子。其实不全是这样的，我的邻居姚大仙就是个“睁眼瞎子”，他的眼睛很好，站在窗前，看得清我在窗口对着他做怪脸的模样，他曾对我父亲说过：“你家小娘居是个小滑头。”但为了让来算命的人放心并获得心理上的某种安慰，他就戴了副墨镜，权当自己是瞎子，让来人报出自己的生辰八字、父母八字，然后姚大仙就摇头晃脑，伸出一双手，用大拇指掐着食指上的三个纹线说着“子丑寅”，然后又掐着中指上的三个纹线继续数道“卯辰巳”，再数着无名指上的“午未申”，最后在小手指上数道“酉戌亥”；再算出金、木、水、火、土五行的属性。

在命理学中，子、丑、寅、卯、辰、巳、午、未、申、酉、戌、亥，这十二个被称作十二地支，而人的手指上，除了大拇指上有两道纹线外，另外四指全都是三条纹线，加起来就是十二地支。而金、木、水、火、土是每个人命理中必备的属性。这些属性分别隐藏在十二地支中，然后根据这十二地支再推算出四椎格局，姚大仙就根据四椎格局算出人家的命来。应该说，他的命算得很准，否则也不会被人称为姚大仙了。

二

姚大仙除了给人算命外，还有一个绝活，就是“归亡”。什么叫归亡呢？这里一下子也说不清楚，容我慢慢道来。

“归亡”这两个字在《辞海》里是没有的，我们还是从字眼上来解释一下吧。归，就是回来的意思，亡，就是指人死了。那么归亡，就是死人回来的意思。啊呀，这样一说有点吓人嘛！人死掉了还能回来？这是完全不可能的事情呀。可在姚大仙的算命生涯里，最赚钱的活就是“归亡”，往往我们生活中不存在的东西，也就是赚钱最好的方式。其实，我很想用“骗钱”这两个字来说明的，但姚大仙在我们弄堂里口碑很好，还有很多粉丝，所以我就不用“骗钱”这字眼了，就说他赚钱吧。

好几次，我在窗口看见姚大仙坐在方台子边上，台子边上围着很多人，一个个神经紧张兮兮的样子。只见台子上点着三根香，姚大仙半闭着眼睛，不停地打着哈欠，过了一会儿他就翻白眼了，人一抖一抖。这时候，只听那些人说道："啊呀，姆妈回来了。"说完，这些人纷纷跪下来，对着姚大仙就磕头，有的人激动得都哭出来了，就当自己姆妈死而复生，不停地叫着"姆妈呀，姆妈"。

这时候，姚大仙开口说话了，他的发音完全是一个女人的声音。他先打了一个饱嗝，然后伸了个懒腰慢慢地站了起来，他一边跳一边唱，唱些什么，我听不清。只见那帮人个个在磕头，把个地板磕得咚咚作响。整个"归亡"过程也就十多分钟，但姚大仙已经累得筋疲力尽，用他的话来说，他阴间里去过了，把他们的姆妈请回来，刚才就是姆妈附在他的身上和孩子们见面了，要了些阴间里需要的东西，并叫他们要照顾好活着的阿爸，兄弟姐妹要团结，那么姆妈在阴间也就放心了。

据说，姚大仙的"归亡"是很准的，如果来归亡的人家要找的是阿爸，那他发出来的声音绝对是男人的，如果是父母想念夭折的孩子，那姚大仙的声音肯定是童声，而且声音像极了那个阿爸或孩子。但我总觉得奇怪，为啥姚大仙每次"归亡"时，总是那套动作：打哈欠，翻白眼，伸懒腰，而且讲出的过程都是一样的，都是要些阴间里需要的东西，叫大家要团结。但有点不一样的就是声音。也是男女不同的声音，为姚大仙竖起了大仙的牌子。

其实，归亡也可以称为通灵，这在过去的上海是很流行的。但在"文化大革命"时，姚大仙的行为属于封建迷信活动，他被有关部门送到了一个街道工厂去上班。这个工厂就开在我上下学路过的地方，也就是当时的邢家桥南路和东宝兴路中间，是专门做骨灰箱的一个小工厂。

三

分配姚大仙去做这个工作的人也蛮撮掐的，他对姚大仙说：“你会归亡，那就把骨灰箱做好，并告诉那些阴间的人，叫他们的子女可以换新的骨灰箱了。”

但姚大仙在工厂里很受大家欢迎，特别是那些女工，就喜欢缠着姚大仙算命，问自己的女儿去插队落户什么时候可以回来？儿子这次能被抽调去当兵吗？反正稀奇古怪的问题都要姚大仙算。姚大仙已经不是仙了，是姚师傅了。姚师傅就很认真地对大家说：这是封建迷信活动，不好相信的。话虽然这么说，但姚师傅对几个比较要好的同事，特别是女同事特别好，偷偷叫把她们子女的八字带回家，夜深人静时，在灯下算着。

这时候，那个小姚仙就坐在边上，看自己父亲怎么摆八字，怎么推算四椎，那样子就像在探究什么学问一样。其实，姚师傅是拿着别人的八字在教自己儿子算命，这些女工要算的命其实都是小姚仙算出来的，然后由姚师傅指点。第二天，姚师傅把算出来的命理写在一张纸上，到了厂里就塞给那些要算命的女工，给的时候还加一句话：“这是迷信的东西，信不得。”

那时候，我胆子还很小，每天路过那个做骨灰箱的工厂，连眼睛都不敢睁开，跟在男同学身后快点跑开。有时候，我就对着小窗看对面的姚师傅在灯下和小姚仙看一本书，他们看得津津有味。这是一本旧得发黄的书，也是一本姚家祖上传下来的书，叫《麻衣相法》，只听姚师傅对小姚仙说：“你只要把这本书全部掌握了，今后就有饭吃了。”

小姚仙说:“这是封建迷信的东西,没有人会让我再吃这碗饭的。”

姚师傅就对小姚仙说:“我掐过八字了,用不了几年,人家对算命和归亡比现在还要相信。”

小姚仙就天真地抬起头看着姚师傅,姚师傅坚定地对自己的儿子点了点头。可我自从姚师傅去做骨灰箱后,就怕看见他的脸,我怕在他的脸上看到死人样子,那些死人就睡在他做的骨灰箱里,谁知道会不会跟着他回来呢?如果跟回来了,看见我,会不会在半夜里我睡着时,在梦里出现呢?想到这些,我就不敢扒在自己窗前看姚家的事情了,日子也就这样一天天过去了。

不知不觉,那家做骨灰箱的工厂搬走了,姚师傅进了位于四川路北群众电影院边上的一家工艺美术品厂,专门卖各种工艺品。我也成了大姑娘,喜欢各种亮晶晶的首饰,于是,对姚师傅又产生了好感,并在他的指导下买了一块包金的翡翠挂件,当我拿着宝贝给左右邻居看时,姚师傅却告诉我:“再过几年,假的翡翠就会出来了。”

我一听,就对他瞪大了眼睛说道:“你掐指算过了?”

“这种生活还用我算吗?我家儿子就会算。”姚师傅一本正经说道。

大家一听,姚家又出了一个算命先生,都产生了兴趣,于是纷纷去找小姚仙了。此时的小姚仙已经变成了一个大小伙子,一张俊气的脸上泛着淡淡的红晕,和小时候那个拿着一面镜子在自家窗口对着太阳一闪一闪的小姚仙,已经换了一个人。他看见我就腼腆地笑了,并且一本正经地对我说:“你会晚婚。”

此言一出，大家面面相觑，我更是不相信，因为我已经上班了，而且有男朋友在追求我。可小姚仙很认真地对我说："我不用你的八字，根据你的名字就能算出你是晚婚。"

好个小姚仙，你居然背着我在算我的命，你算老几呀？你当我是嫁不出去的姑娘吗？一股无名之火直冲我脑门，就在我要扯开嗓子骂小姚仙时，他却嘻嘻地笑了，又加了一句：你会出国的。

我顿时因这句话息了怒，因为这时候，正掀起一股出国热潮，社会上流行着这样一句话："一等美女去美国，二等美女去日本，三等美女去香港，四等美女守在家里吃老米饭。"虽然我有一份不错的工作，但也经不住出国热的诱惑，正在和朋友们商讨着是去美国还是日本呢。现在一听小姚仙说我会出国，一下子勾起了我的兴趣，于是，我放下了对他的成见，面带笑容对小姚仙说："那你帮我算算是去日本还是美国呢？"

这时候小姚仙就放刁了："要算得准嘛，就要你的八字了，看你的命里主宫是向东还是向西，还有驿马星动了没有。"

那时候，我出国心切，就毫不犹豫地把自己的生辰八字讲给了小姚仙听。小姚仙也不卖关子，就当着我的面算了起来。他的算法和他的父亲不一样，姚师傅是用手指掐着算的，小姚仙却是用一张白纸，在白纸上写上一道道推理的公式，再根据推出的公式摆出天格地格人格等格局，然后在白纸上写出密密麻麻的字和数字。他把那张写满公式和数字的纸交给我道："你是木命，木命以水为佳，如果朝南走，南为火，要把你烧死，朝西走，虽有金，你命里缺金，去不了美国，东为木，北为水，水养木，你会去东北方，去日本。"

听着小姚仙的话，我真的说不出半句话了，看不出这个小姚仙有两下的，因为我正在办手续去日本留学呢。左右邻居见小姚仙帮我算命了，就纷纷问我：准吗？

准不准，现在讲不清，用时间来证明吧。

四

后来，我真的去日本了，走的时候，我专门去请教了小姚仙，问他我要在日本注意什么？这个小姚仙说了一句让我终生都不会忘记的话，他说："你会和你男朋友分手的。"

为啥？我不信！可小姚仙态度十分坚决地对我说："从你们两个人的名字上来算，你朝东，他朝西，也就是说，你们成不了夫妻，只能成朋友。"

我一听此话，差一点鼻子要出血，回过头把小姚仙的话讲给了男朋友听。他一听就骂起了小姚仙，说他是骗子，别信他的话。可我对男朋友说："可他算准我会去日本的呀。"

后来事实证明，我是去了日本，男朋友阴错阳差去了加拿大，而且一走就和我拜拜，害得我真的一时嫁不出去了。这时候，我就真的想起了小姚仙的话，他说我会晚婚，和男朋友做不成夫妻。

当我从日本回来，去找小姚仙时，他已经不住在弄堂里，却在北京东路上借了一间房子，开了一家公司，公司的名字叫什么命名推理玄学研究所。当我走进这家公司时，一位漂亮的小姑娘坐在前台，问我找谁？预约了吗？我说找小姚仙。她说这里没有小姚仙，只有姚大师。

哦，我想起来了，小姚仙是我给他起的绰号，他有大名，但大名叫什么来着却想不起来了，但称姚大师肯定不会错。于是，我就对前台小姐说道："麻烦你通报姚大师，我是他的邻居。"

"姚大师的邻居很多，再说姚大师很忙，他见客都是几个月前就预约的。"小姐对我的态度真是盛气凌人。

我突然脑子一灵，对前台小姐说："我是你们姚大师的女朋友。"

前台小姐一听，就看了看我，马上脸带微笑道："你稍等片刻，嘿嘿，也只有他的女朋友敢叫他小姚仙，我们的姚大师可厉害呢，每天要接待很多来起名字的人，他刚为一个公司的老总起好公司的名字呢。"

我一听，顿时对姚大师产生了敬佩之情，看来，他比他的父亲高明了很多，在每天有很多公司诞生的当下，为公司起名就意味着生意兴隆呢。正在和前台小姐聊天时，一位穿着西装的男人踱着方步从一间豪华的办公室走了出来，他的模样，让我一下子就认出来了：小姚仙。不，应该叫姚大师了。

姚大师也认出了我，他热情地把我请进了他的办公室。一走进他的办公室，我就被桌子上的几台电脑吸引了。就在我睁大眼睛打量着周围的一切时，姚大师已经开口说话了："还没有结婚呢？"

"你当时说我会晚婚，凭什么说的？"我问道。

"你名字告诉我的呀。"姚大师说道。

“那我改名字好了，我不就可以结婚了？”

“不用改了,辰光差不多了,再过两年,你的白马王子就会出现了。”

我一听，将信将疑。但我相信姚大师的话，否则他开什么公司？怎么养活一家公司的人？于是,我就带着好奇心和姚大师聊了起来。

姚大师的算命和他父亲的区别就是利用了高科技，用计算机来为人起名和算命。何况每个人的身上都带有自然的信息，这些信息分别表现在出生时间和环境上，也就是常说的天时地利人和。而命理中的五行学说和十二地支,是中国古代人民独创的,它的哲学思想,对中国科学事业的发展也有很大的促进作用呢。

现在随着时代进步和科技发展，所有人们不能理解和感到迷惑的东西，都被称为玄学，而姚大师只是延伸着前辈的努力和探索，继续着五行学说的实质，他在老祖宗发明的玄学上，把这些数字输进了电脑进行了程序化。他告诉我：世界是由金、木、水、火、土五种最基本物质的特性条件构成的,自然界各种事物和现象的发展、变化，都是这五种不同的物质不断运动和相互作用的结果。

只是姚大师运气好，他遇上了改革开放，让古老的命理学得以发扬光大。当我问他父亲当年的“归亡”和那本《麻衣相法》时，姚大师笑了，他说归亡是骗人的，《麻衣相法》一书却是老祖宗传下来的经验之作。最后他对我说：名字是一个人的信息，也是一个人的命运，但任何东西都不会一成不变，只要地球在转动，人的命运也会改变，两年后你就会给我吃喜糖了。

那么我就等待着这一天到来，如果是真的话，那么，姚小仙真的是姚大师了。

陆 『行贩』太公

一

我家有个太公，大家都叫他行贩太公。从我的辈分算起，这个太公是我的老祖宗，就是连我阿娘看见他都叫太公的，我是看见他的孙子们，也要叫他们为太公，足见他们的辈分有多大。没有办法，在我们宁波老家，辈分大一级就可以神气活现，更不要说在上海碰到自己的祖辈了。阿娘对这个太公可谓是尊敬有加，每月在我父亲发工资时，阿娘总要让父亲提上猪头肉和咸带鱼，再加一瓶“五加皮”老酒去看“行贩”太公。

“行贩”是指古时候，汉族地区间往来贩卖、没有固定营业地点的商贩。它流行于全国各地，在江浙地区特别兴盛。放在现在来说就是摊贩，但我们宁波人喜欢叫“行贩”，发音为“hang fan”。

这个行贩太公在家附近的菜场摆了只卖黄鱼的摊头，每天半夜出门，骑个黄鱼车去鱼市场批来一筐筐的鱼，在天亮之前，回到菜市场，在自己的摊头前做起买卖。其实他就如现在的摊贩，趁城管没有看见，在地上摆个摊，赚取一点小钱。但我们宁波人把他们叫做行贩，也就是自己把货“行”进来，自己再把货“贩”出去，也被视作“本事交关大”的行当。

这个太公也算是我父亲的师傅，如果没有这个太公在卖黄鱼，我父亲都不知道来上海能做什么事呢。那时候，父亲从宁波老家来到上海，一时不知道要做什么。跟阿爷学裁缝吧？阿娘不同意，说做裁缝眼睛都做瞎掉了，铜钿也赚不了多少。反正父亲到上海，对一切都感到很新鲜，也不急着去找工作做，就每天在家吃现成饭。

二

有一天，父亲跟着阿娘去菜市场买菜，走到了太公的摊头前。太公早已经和阿娘认过亲了，于是，父亲看见太公就恭恭敬敬地称他为太公。阿娘买了几条鱼，太公拎起秤杆就随口报出了分量和价格。

那时候，没有计算器的，也不是十两制，而是十六两制和心算的。什么是十六两制呢？这个问题还要从秦始皇说起。秦始皇统一了中国后，又统一了文字，制定了新的度量衡标准。负责制定度量衡标准的是丞相李斯，怎么来制定呢？李斯向秦始皇请示。秦始皇写下了“天下公平”四个字的批示。为了避免以后在实行中出问题而遭到罪责，李斯决定把“天下公平”这四个字的笔画总数十六作为标准，于是定出了一斤等于十六两的制度。

现在的市斤是十两制，十元一斤就是一元一两，用计算器算来，十分方便。但那个时候，用的是十六两制的杆秤，再转换成市斤。那么用十六两制来算，一两算多少？这就是当年行贩太公们的本事了，他们的心算是一流的。当太公拿着秤，用他石骨铁硬的宁波话报出一大串数字：“一退六二五、二一二五、三一八七五、四二五、五三一二五、六三七五、七四三七五、八五、九五六二五、十六二五、十一六八七五、十二七五、十三八一二五、十四八七五、十五九三七五、十六两整一斤。”父亲听了简直是目瞪口呆。父亲好歹也算个读过书的人，自称记性一流，但听到太公用十六进制与十进制转换的口诀报出这几条鱼的价格时，顿时对行贩这个行当产生了兴趣。当阿娘拿出钱交给太公时，太公把钱放进了口袋。这一举动更让父亲心跳得忘乎所以，这世界上有这么好的工作，可以直接把钱放进自己口袋里的？于是，父亲当即就对阿娘说："我要当行贩，卖黄鱼。"

阿娘一听，顿时发呆。从小当着小开养大的儿子，怎么想到要当行贩了？阿娘想想不对，拉着父亲就要走。但父亲已经拿过太公手中的秤，也"一退六二五、二一二五、三一八七五……"跟着太公学了起来。

阿娘知道自己儿子的习性，也就摇了摇头，认为他只是出于好奇心罢了，过几天也就会忘的。可没有想到，父亲真的跟着太公学起了行贩的活计，他对阿娘说："阿姆，这行贩生活好，赚来的钱可以直接放进自己袋子里的。"

于是，父亲也在菜市场里摆了只摊头，跟着太公去位于军工路的鱼市场进货。但父亲那时毕竟年轻，文化程度也高，穿件中山装，胸前的口袋上别着一支钢笔，一件白衬衫套在里面，两只袖子的纽扣一年四季扣着，就连外头的中山装领子的风纪扣也死死扣着，一副文质彬彬的样子。这和行贩们的生活是格格不入的，他们平时穿着套鞋，嘴上叨着香烟，手里拿着一只铁钩，看见漂亮女人来买菜，眼睛就直勾勾地盯着女人的胸部，心里意淫着，嘴上嬉笑着，趁把菜扔进女人篮子时，故意去碰碰她们的手，然后用手抹一抹嘴边的口水。于是，太公看不惯父亲的书生气，说父亲不是做行贩的料，还是回去吃阿姆做的现成饭吧。

可父亲不服气，问太公为啥不让自己做这一行当？太公就对父亲说："算你也是读书人，那我来考考你对鱼的知识。"

父亲一听就乐了，自己从小就是吃鱼长大的，还要考？就说：“考就考。”

太公随手拿起一条马鲛鱼问父亲：“这鱼叫什么名字？”

父亲一看就随口说道：“马鲛鱼呀？宁波人最喜欢吃了，烧咸菜汤那味道鲜得来。”

“不是叫马鲛鱼。”太公说。

“喔唷，太公，你不要和我开玩笑了，这不是马鲛鱼，我好去跳黄浦江了。”

“你讲的？黄浦江没有盖头的，到时候你可别不跳。”

“男人讲话算数。”父亲把胸脯拍得乒乓响。

太公对父亲说：“现在这鱼不叫马鲛鱼，叫川乌。”

父亲一听“川乌”两个字，顿时，脸刷的红了。他想起来了，在很小的时候，就听我阿娘说过，每年的清明前一个月和后一个月，马鲛鱼在象山港附近汇集产卵，这时候的马鲛鱼的肉最鲜美嫩滑，我们宁波人称这个季节的马鲛鱼为“川乌”。而太公考父亲的当下，正是清明时节，马鲛鱼当然称为“川乌”了。

没有想到吧？做个摊贩是有很多学问的，除了有好的心算外，还要了解商品的相关知识，否则怎么向顾客介绍商品，来吸引顾客呢？

虽然父亲没有去跳黄浦江，但太公仗着自己的辈分，在市场里以太公的资格命令身边的人，不许我父亲来摆摊头。我父亲只好去了上海第五钢铁厂上班，做了一名钢铁工人。可钢铁厂是一个月才发工资，这和每天能把钱放进口袋的行贩工作是不能比的，父亲还是十分留恋过去跟太公做生意的日子，于是，就利用休息天去菜场摆摊头过过行贩的瘾头。

三

不久，全国各地实行了公私合营，十六两制秤杆也被改为十两制了，行贩们被集中在一个叫某某菜场的集体单位里。父亲毅然选择了行贩的工作，他天真地认为，行贩们被合营后，这钱还是放进自己口袋的。可他没有想到，合营后，有一只钞票箱专门用来放钱的，谁把钱放进口袋就算贪污分子。何况他和太公都被分配到了采购组去，也就是说不能和钱发生直接关系了。

初分到采购组的太公，大家都很尊重他，选他为组长。但太公不适应这份工作，每天在家喝老酒，桌子上放着一叠钞票，一边喝酒，一边摸钞票，权当是过瘾头。就这样喝着摸着，慢慢地睡着了，一觉睡到傍晚醒来，就一个人穿上套鞋，拿着铁钩出门了，然后坐上公交车，去了军工路鱼市场，晚上再和一帮子人搭了鱼市场开出来的大卡车回自己菜场。卡车上装满了各种鱼，也挤满了男男女女，一路兜风看夜景，讲些黄色闲话，相互挑逗。高兴时，女人在男人大腿上捏一把，男人在女人手臂上摸一把，然后嘻嘻哈哈，把卡车上的鱼送往一家家菜场，明天天一亮，上海人就能吃到新鲜的鱼了。

也就是在这辆卡车上，太公认识了小太婆，并和她发生了关系，生下了一个儿子。于是，我们就多了一个小太婆。就因为有了这个小太婆，害得我们的大太婆差一点要叫太公坐牢去，叫那个小太婆去送牢狱饭。

现在有必要介绍一下太公的老婆们，也就是大太婆和小太婆。

这两个太婆都是和太公在一个菜场里工作的，也就是说都是老行贩了。只是，大太婆在宁波嫁给了太公不久，就跟着太公来到了上海，成了太公的帮手。那时候，太公身边就一个太婆，所以就不用大小来分了，阿娘和父亲都叫她为太婆的。何况这个太婆长得白白胖胖，为人热情豪爽，说话轻声细语，是一家人家的好当家。那时候，人的审美观点就是以白胖为美，所以太婆在菜场里也算是美人了。可太婆和太公的心里都有一个结难以释怀，就是太婆一直没有生育。对重视传宗接代的宁波人来说，无后是件大事，于是，太婆在宁波老家领养了一个女儿，为她取名玉珍，并把她带到上海读书。

就在玉珍十六岁时，太公认识了荷凤。荷凤比太公小十岁，已经是三个孩子的母亲了。荷凤性格泼辣，做事雷厉风行，在做行贩时就像一个男人，站在摊头骂起人的腔调，那是双手插腰，喉咙乒乓响，大家在背后都叫她雌老虎。

但雌老虎的心中却有着一般女人讲不出的苦衷，她的丈夫在她生下三个儿子后就生了一场怪病，生活不能自理，每天坐在家里晒太阳，一家人的生活来源全靠荷凤一个人在菜场里工作的收入。平时，荷凤个性要强，从来不在别人面前诉苦，但自尊心极强，不甘心被人欺负，所以得罪了很多同事。也许雌老虎平时人缘欠佳，在公私合营时，她被分配到了采购组，成为太公手下的一员。

采购是个辛苦的工作，半夜三更回到家，可荷凤为了养家，早上四点又去菜场摆摊头卖菜了。太公很同情荷凤，就让她在卡车上睡觉，卸货后，那些遗留在卡车上的小鱼小虾就让荷凤拾回去当菜吃。按理说，大家都是同事，男同事照顾一下女同事也是应该的。可荷凤这时候三十岁不到，人也长得不难看，时间一长，她就对太公产生了一种兄妹之情，再后来就演变成了一种讲不清的感情，太公成了她的精神支柱。

开始，太婆听到太公和荷凤在卡车上动手动脚的事，也只是笑笑，说荷凤是小妹妹，太公吃吃小妹妹豆腐没有啥关系，给他一百个胆也不敢讨小老婆的。

想想也是，太公在可以一夫多妻的时候，没有因为太婆没有生育去讨小老婆，何况现在新的婚姻法出来了，全国实行一夫一妻制了，太公更没有胆量去讨小老婆的。所以，太婆在听到这些风言风语时只是淡淡一笑，她甚至对阿娘说："太公有本事和荷凤生个儿子出来，我就好做大老婆了。"

可阿娘还是提醒太婆道："这男人和女人在一起，什么事情都可能发生的。"

就在阿娘的话说出几个月后，事情果然发生了。

四

那天，阿娘还在睡梦中，突然被一阵激烈的敲门声惊醒，阿娘去开门一看，原来是太婆披头散发站在门口，她看见阿娘就哭了起来。父亲和母亲听到哭声，披着衣服就出来了，大家都以为太婆是来报丧的，这深更半夜的，除非死人的事情才会惊动大家的。当阿娘想要安慰太婆时，太婆却说道："阿娘啊，这比死人的事情还要严重呢，这该死的男人呀，把人家荷凤的肚子搞大了，这咋办办[1]呢？"

① 咋办办：宁波话，怎么办。

阿娘一听，一颗悬在喉咙口的心放回了胸口，只要不是死人的事，什么事情都是小事了。太婆在我家坐下，喝一口热开水，从胸中吐出一口长长的气，她说要去告太公，他是在搞腐化，和人家有夫之妇发生关系，真是无法无天了。

阿娘听后，就安慰太婆："你是太公明媒正娶的老婆，他再怎么样也不敢休你的。"

"休我？他敢！"太婆狠狠地说了一句。

这晚，太婆就在阿娘的床上睡着了。趁太婆睡着时，阿娘叫父亲快去菜场看看太公，并吩咐父亲道："如果太公在菜场叫他来家，把太婆领回去。"

我的阿娘是个有本事的人，当事情发生时，她不慌不乱，一边安慰着太婆，一边发出号令让太公过来。

太公这时候也如热锅上的蚂蚁，他万万没有想到，荷凤怀孕了。当荷凤告诉太公自己怀孕的消息时，太公也被吓到了，这么多年来，太公一直认为自己是没有生育能力的，现在听荷凤怀孕了，简直不敢相信自己的耳朵。好在太公也是个负责任的男人，他回到家里就把这个消息告诉了太婆听，他想知道太婆的态度。可没有想到，一向温文尔雅的太婆，听到这消息时，就像疯子一样哭着叫着来找我阿娘了。现在太公听到阿娘要找他，此时的太公也忘了自己是祖宗的身份，只好跟着我父亲来见我阿娘了。

阿娘问太公："你怎么对待荷凤肚子里的小孩？"

太公说："如果真是我的孩子，我当然要的。"

阿娘说："那你怎么对待太婆？"

太公说："她还是太婆呀。"

阿娘又问："那荷凤呢？"

太公无言……

太婆在我家养足了精神，就叫我父亲代她写状纸，她要把太公告到上海市人民法院去，告太公生活腐化，告荷凤勾引别人家老公。父亲一听，吓得拿笔的手都落不到纸上，他忙对太婆说："我要去小便。"

父亲找到阿娘，对阿娘如此一说，阿娘放下手中的活就来看太婆。她在太婆面前一坐，劈头就说："你昏头了，你把太公告到法院，对你有啥好处？"

"我要叫他去吃牢狱饭，叫这个婊子去送牢狱饭，把孩子打掉。"

"太婆呀，算来你辈分比我大，但我年龄比你大，饭也比你多吃一点。你把太公送进牢狱，你算是出了口气了，但你仔细想想，你又能得到什么呢？再说荷凤肚子里的小孩子也是太公的骨肉，这对太公来说就是亲生儿子呀。你也是女人，你想想这孩子打掉了，是件天大的罪孽呀，这万万不可以的。"

"那我该怎么办？"这时候的太婆看着阿娘，好像阿娘已经变成了太婆。

"让荷凤把孩子生下来，姓阿拉的姓，你把孩子养大，你就是他娘，以后你就可以做阿婆，做阿娘了。"阿娘不容太婆多说，就把话落下了。

"这个事情就这样了？"太婆一副不情愿的样子。

"你要怎么样？只要把事情变小，就没有什么大问题了。"阿娘劝太婆道。

太婆终于听取了阿娘的话回家去了，她也想明白了，真的把太公告到法院，对自己也没有什么好处，不管怎么样，现在太公会挣钱，挣来的钱都交给自己的。再说荷凤喜欢太公，情愿为太公生小孩子，自己稳坐女主人的椅子，何乐而不为呢？

五

这人也蛮怪的，当什么事情想通了也就一通百通了。太婆利用自己在菜场的便利，为荷凤买鸡买蛋，送到荷凤家，让她多补营养。等荷凤肚子很大时，她就挺着一个大肚子在太公家吃吃喝喝，也不管别人是怎么看她的，反正，那时候的人都忙于生活和养家糊口，也没有时间去管别人家的事情。

日子就这样很快地过去了，荷凤生下一个儿子。当太婆抱过这个小孩子时，她一句话也说不出了，眼泪顿时落下来，抱在怀中的孩子，那模样长得和太公一模一样，就如一个模子里刻出来的。我们也多了一个太公，阿娘当时抱着他也眼泪汪汪地叫着："喔哟，我家又多了个太公了，你是阿拉小太公呢。"

生下不久的小太公，被太婆抱回了家。就这样，太婆一把屎一把尿把小太公养大。孩子管太婆叫大姆妈，叫荷凤为姆妈。每逢过年时，我们去太公家拜年，总能看到荷凤也坐在八仙桌上吃饭。于是，我们叫太婆为大太婆，叫荷凤为小太婆。

大小太婆和睦相处，她们是同事，又如姐妹，而最得意的是太公了，每天在家喝酒，现在不摸钞票了，而是一边喝酒，一边笑眯眯地看着自己的孩子慢慢长大，教他乘法口诀，讲些老掉牙的故事。这些故事都是他和大小太婆之间的故事，而每每讲这些故事时，大太婆总是说太公记性太好了。

是的，太公的记性完全是做行贩时锻炼出来的，那是被生活所逼，也是为了争取更多的顾客，便以快速的心算口诀拉拢下一位顾客。

后来太公生病了，为看病花掉了很多的钱。当时的医保是自己先拿出钱来垫上，然后每个月去菜场工会报销。医药费一多，效益不好的单位还一时报销不了，这样医药费就会积累起来，等下次再报。每次要去报销时，太公就会让大太婆把医药费用单一张张念给他听，小太婆在边上用笔计算着，等大太婆念完了，太公也报出了该报销的金额，而这时候，就是奇迹发生的时候，小太婆计算的数字和太公心算的数字完全吻合，没有一分钱的差错。

行贩太公厉害吗？而最厉害的是，太公在去世的前一晚，还叫大太婆把单位欠他的医药费再报一遍，他又心算准确。

后来，我们的小太公顶替太婆的工作，也进了菜场。他的心算也是一流的，据说，小太公完全继承了他父亲的好记性，只是他比父亲幸运了很多，在他进入菜场没有几年后，菜场实行了承包制，小太公可以名正言顺地把钱放进自己口袋里，短短几年间，他就成了一名万元户。后来，他把一万元交给了两位母亲，怀着更大的发财梦想去美国挣钱了。

如今，两位大小太婆也离开了我们，她们的孩子都移民去了美国，但每年清明，他们总是回来为自己的父母上坟，而那块墓地上竖着一块很大的墓碑，太公的名字赫然写在中间，左边是大太婆的名字，右边是小太婆的名字。

上完这座坟，他们又去另外一个墓地上坟，那块墓碑上就写着两个人的名字。墓碑后面刻着四个孩子的名字，但其中一个的姓和另外三个完全不一样。其实，一个人姓什么并不重要，但他们是一母所生的亲兄弟，有着很深的亲情关系，而亲情，重于一切。

柒

『包饭作』和他的儿女们

一

“包饭作”，顾名思义就是包大家吃饭的一个作坊。既然是作坊，那就是和大饭店有区别的，菜肴基本为家常菜，属于一种小本经营的饭铺。虽然是小本经营，但在“包饭作”就餐的客户大多是各商号、银行或钱庄的职员，用现在的话来说都属于白领，所以“包饭作”的饭菜和服务都是比较好的。

虽说是一种小饭铺，但餐具和炊具，如锅、碗、瓢、盆、蒸笼之类，这些大饭店具有的东西都一应俱全，加上优质的服务和上口的菜肴，在当时的年代是很受欢迎的。但到了 20 世纪 50 年代后，“包饭作”这个名词渐渐被社会淡忘了，估计现在的年轻人不一定听说过。其实我们这个年代的人也不全都知道，只是我父亲的一个朋友是以这个行业谋生的，也让我知道了他们的一些故事。

二

这个朋友是父亲的棋友，年龄比父亲大七八岁，大家叫他荣海，但父亲却叫他为“包饭作”，确切地说，包饭作是荣海的绰号。他这个绰号名气响过本名，特别是父亲在和他下棋时，就一边下棋，一边说：“侬这个包饭作，做的饭菜倒是蛮好吃的，走的棋子哪能介臭的？”而包饭作却一副老实兮兮的样子，伸着头颈艰难地看着眼前的棋盘，手里拿着一枚棋子左右为难，不知道该如何下棋。

荣海的特征给人印象很深，坐着时，他相貌端正，五官分明，一双炯炯有神的眼睛就如一把火炬闪闪发光；张口说话时，一对镶金的大门牙在“火炬”的照耀下，显得格外耀眼。此时，那对大金牙显得老大，金牙下面是一排参差不齐的黄牙，就如一粒粒没有发育好的珍珠米，又黄又小。荣海和父亲下棋时，两人就不停地说话，父亲每拿起一枚棋子就会说一句：“我吃脱侬。”

荣海也拿着枚棋子一边下棋一边说道：“我看侬哪能吃！”

说话间，棋子已经走了好几个来回，仍是分不出胜负。于是，荣海抬起头看看天边的太阳，他提出以和棋的方式结束棋局。可父亲不同意，说荣海赖皮。荣海就嘿嘿笑了几声，随着笑声，“馋吐水”就从大金牙的缝缝中喷了出来，落在了棋盘上。

父亲就用袖子管擦了擦湿嗒嗒的棋盘，一边对荣海道：“侬这牙齿要重新镶了，一说话就落‘馋吐水’，以后啥人还会叫侬去烧菜？”

荣海就用手揩了一下嘴角，一边站起来，一边说道：“就算我输好来，明天我带干煎带鱼畀侬吃。”荣海说着就一步步向回家的路走去。他的步子很慢，他的头是低着的，背是隆起的。如果这时候谁叫他一声，他只能斜着头来看人。确切地说，荣海是个驼背。

听说年轻时的荣海，长得可是一表人才，身高一米八多，皮肤雪白，一双眼睛炯炯有神，还有一副整齐洁白的牙齿，一头微微鬈曲的头发根根竖起，俗称奶油包头。都说荣海是小开出身，他父亲就是包饭作，所以荣海从小吃得好，也有了一副发育良好的身板。后来，荣海的父亲死了，子承父业，荣海也成了包饭作。

同时，一个经常来吃饭的小姑娘看中了荣海，每次来吃饭时，就站在荣海面前，看荣海拿着个菜勺在铁锅子里炒菜，她特别喜欢吃荣海做的干煎带鱼，那带鱼一块块在面粉里醮着，然后放进油锅里炸，炸得金黄酥脆，吃的时候，鱼骨头爽快地从嘴里吐出来，一点也不会粘着鱼肉。

荣海也看出了小姑娘的心思，每次她来吃饭时，他就多给她几块干煎带鱼。一来二往，荣海就索性托媒人去提亲，娶了小姑娘来做老婆。结婚后，荣海先得了女儿，后又添一子。在那时候，先有女儿后有儿子叫先开花后结果。可没有想到，就在儿子三岁时，荣海得了一种怪病，浑身抽了筋地痛，连续发了几天高烧，然后身子就萎缩了，渐渐地背也驼了起来，那口整齐洁白的牙齿开始东歪西倒，最后门牙也落光。其实这个病放在现在来说就是僵直性脊椎炎，属于自身免疫系统问题，但当时的医学常识不是很普及，也没有得到及时的治疗，荣海就成了驼背。

三

身体的驼背并没有影响他的包饭作生意，毕竟一家老小靠这个包饭作生活的。荣海就斜着身体驼着背掌着菜勺经营着他的“包饭作”。后来，在公私合营时，他的包饭作被合并到一家饮食公司。公司的人也算有点良心，让荣海去医院对身体进行了医学鉴定，认为他是三级残疾人，没有合适的工作让他做，就允许他在家长期病假。当然他也没有工资可拿了，只是每月领取少得可怜的生活费。

尽管如此，荣海会烧一手好菜，技艺不压人。他就驼着背到处讨生活做，凡是弄堂里的红白喜事，都会请荣海来掌勺。荣海为人和气，只要有人来请他烧饭，他就心平气和地为客户计算着菜料，精打细算，让客户满意。

但荣海有自己的规矩，红白喜事中，他不收白事的钱，用他的话来说，人家已经少了一个人，不能再让人家少钱了。白事，又称“豆腐羹饭”，大家总能看到荣海的一对子女坐在酒席上吃饭，这也是荣海对客户的唯一要求。

反正酒席上多一个人吃和少一个人吃是没有什么大区别的，于是，客户满口答应，只要你荣海把菜烧好就是了。可我们不一定知道荣海心里的想法。那时候，弄堂里还流行着一种传统的习惯，谁家里死人了，办丧事宴请大家就是要吃上三天的。那么荣海的子女就可以理所当然吃上三天“豆腐羹饭”，然后三天结束，剩下的汤汤菜菜全部由荣海打包回家，而这些菜汤够荣海家吃上一个多星期的。

如果是喜宴或是生日酒，荣海的子女也会去吃饭，只不过，他们是以帮忙的形式出现的，但主人家都明白荣海家人的意思，很有礼节性地邀请他们坐上酒席。

其实那时候，每个人的肚子里都缺油水，个子也长不高。但荣海家里的两个儿女个个身材高大，而且发育良好。特别是他的女儿，长得红粉细白，一头乌发是卷毛，两只眼睛大得像桂圆，到了发育年龄时，胸部挺了老高，害得她在走路时只好躬起背束紧肚皮，怕人家看见她的胸部。但荣海的儿子就大胆走路，头抬了老高，他的长相继承了父亲的特点，两只眼睛睁得老大，一头微卷的头发用生发油梳得一丝不乱，白里透红的脸上是一个英俊少年的风流样。于是，弄堂里的人叫荣海的女儿为洋囡囡，叫他儿子为外国人。

每逢荣海为人家烧饭时，洋囡囡和外国人就会去人家里吃饭，而且成了习惯。虽然他们可以名正言顺地去吃白事的饭,但相比之下，洋囡囡喜欢吃人家结婚的喜宴，她喜欢看新娘子穿什么衣服，脸上擦的是什么胭脂，有时候，洋囡囡饭也不吃，眼睛就直愣愣地看着新娘子，幻想着自己哪一天也成为一个新娘子。

而外国人却喜欢吃人家的生日酒，包括小孩子的满月酒。生日酒席上肯定有一盆炒面，那炒面是荣海的绝活，一根根又圆又粗的面条吃在嘴里滑而不腻，满满一盆炒面放上几根碧绿的菜叶子，在通红的灯光下，炒面闪着酱油的光芒，散发着香喷喷的味道。这时候，外国人就会盯着一盆炒面吃它个盆子朝天，然后就不停地抚摸着微微隆起的肚皮，再跑到另外一桌去吃炒面。

洋囡囡和外国人就是跟着包饭作的父亲，吃东家和西家的饭长大了，而且长得非常好，是弄堂里数一数二的美女和美男子。

四

我彻底认识荣海一家人是在我大哥结婚的时候，喜宴定在国庆节。大哥是家里的长子长孙，他的喜事引来了整幢楼里人的关注，西厢房的亲妈决定让出她家的一间房间让我家摆一桌酒席，后客堂的王革履家也可以摆上一桌酒席，就连对面 29 号袁家姆妈家的前客堂也好放两桌，并打算烧菜的场面就放在阳台上。这是自我懂事以来家里最大的喜事，所以我们每个人都期待着这场喜酒的到来。

在商讨酒宴时，父亲理所当然地请来了荣海，而我作为记录酒席具体内容的小秘书，把荣海开出来的每道菜和配料及作料一一记录下来。谈到用什么油时，我只听荣海对父亲说：一定要用豆油。父亲问：菜油不行？荣海回答说：菜油煎东西煎不透，豆油煎东西卖相好。

那时的食油都是凭票供应的，所谓的菜油是宁波乡下的阿姨自己榨出来，千里迢迢送到上海为大哥的喜宴准备的。但吃喜酒就是图个卖相，讲究气派，让每个来吃喜酒的人坐在桌子上看到八冷盆十热炒，就心生欢喜，个个脸上喜气洋洋。但到哪里去搞这么多的豆油票呢？最后还是荣海出了一个主意，叫父亲用布票或是粮票去调豆油票。荣海还神秘兮兮地告诉父亲，他的儿子外国人能帮我们搞到油票。这是我第一次亲耳听到有关外国人的事，他能搞到油票。

大哥喜宴上的菜肴最后是听取了荣海的建议，全部用豆油，至于这豆油是从哪里来的，我也不去管它了，但叫我终生难忘的是在喜宴接近尾声时，洋囡囡和外国人突然出现在我家的阳台上，他们说来看热闹的。

大哥的喜宴足足摆了八桌，分布在各个邻居家。我和几个姐姐就当跑腿，把荣海烧出来的菜一碗碗端到酒席上。有时候趁端菜的空档，就站在荣海边上看他烧菜。这时候的荣海，红光满面，穿着一件油腻疙瘩的白衣服，一条乌黑墨迹的白毛巾围在脖子上，那副大金牙被他紧紧闭在嘴里，不说一句废话。更确切地说，荣海烧菜从来不尝菜肴的咸淡，那酱油和盐在他手里拿捏得就如一台天平秤，只只菜咸淡正好。

站在厨房间的荣海，在弥漫着的酒菜的香味中，他的背也不驼了，那只掌勺的右手挥舞有力，让我不得不佩服这个包饭作，原来，他的身体里有着从事这个使命的天赋，只要有生存的希望，就会付出一切的努力。

就在这时，父亲和荣海说："洋囡囡和外国人来看你了。"

我看见了一对长得非常漂亮的男女，他们站在我面前，男的穿着一件白衬衣，颀长的身体在厨房的灯光下被倒影在了墙上，让四周暗淡了许多；女的个子高挑，两根长辫子垂在肩上，一排弯曲的刘海下是一双闪闪发亮的眼睛。父亲让我叫他们为哥哥姐姐，但我没有叫，只是用惊奇的目光看着他们，我知道他们是来吃白食的。

此时，我的心中充满了对他们的仇视，凭什么要来我家吃呢？我自己都没有资格吃呢。可父亲还是十分礼貌地请洋囡囡和外国人坐上圆台面去吃饭。但洋囡囡装出一副客气的样子说道："我们是来看热闹的，来看新娘子和新郎倌的。"

是的，他们都已长大成人，都有工作了，还好意思吃白食吗？可外国人却煞有介事地站在荣海边上，一边为荣海端盐，一边为荣海递酱油，还不时地去看自己父亲的脸。他们这个样子让父亲十分过意不去了，坚决要求他们坐上圆台面。在父亲的坚持下，洋囡囡和外国人就坐在了一张圆台面上吃了起来。

而我继续像个小跑腿楼上楼下地跑，当我把菜端到洋囡囡姐弟俩坐的圆台面时，我就故意从他们面前把菜递上去，故意让菜汁滴在了外国人的衣服上。

这时候，外国人抬起头看看我，然后再低下头看看他自己身上雪白的衣服，就对我笑了一笑说："没有关系的。"

洋囡囡也凑过脸来，看了看她弟弟身上的菜汁，也对我说：“没有关系的，我们回家去用肥皂水汏汏就好了。”

面对洋囡囡和外国人如此淡定的腔调，我倒不好意思了，只好把刚端来的菜，放在了他俩面前，还叫他们多吃点。

在酒席上，洋囡囡和外国人谈笑风生，一直等到新娘子和新郎倌来敬酒了，他俩就如我家的宾客，一会儿要我哥喝酒，一会儿要新娘子敬烟，并不停地用嘴去吹新娘子点燃的火柴，还口口声声说：“要闹，越闹越会生小孩子。”

最后，只好由新郎倌的陪客出来挡驾，并在洋囡囡的要求下连续喝了几大杯。新郎倌的陪客是我家三表哥，也是家族里出了名的好酒量，但不知道是怎么搞的，在洋囡囡和外国人的不停劝酒下，三表哥居然喝醉了。这时候，洋囡囡就把外国人推了出来，叫他代新郎倌喝酒，于是，他们兄妹俩簇拥着一对新人到各桌去敬酒了。

应该说，大哥的喜宴非常成功，大家吃得开心，闹得也开心。但父亲说是荣海的酒席烧得好，他不愧是包饭作出身，让大家吃得满意。

五

时间就这样过去了，转眼洋囡囡要结婚了，我们全家要去吃喜酒。按理说，洋囡囡结婚跟我们是浑身不搭界的，但她是嫁给了我家那个三表哥，就是在大哥婚礼上做陪客的那个人，洋囡囡成了我的三表嫂。想想也不奇怪，就是三表哥喝醉时，洋囡囡帮他倒茶倒汏面水，并陪在他身旁，一直等他酒醒了，才搀扶着三表哥走到公共汽车站。可洋囡囡还不放心，索性一起坐上公共汽车把三表哥送回家。就这样，三表哥喜欢上了洋囡囡，开始追她，终于把洋囡囡追到了手。

轮到吃洋囡囡的喜宴时，荣海已经老了，他的背驼得就如驼鸟，头也深深地埋在胸前，连说话的声音也嘶哑得发不出来。但洋囡囡的喜宴还是很隆重，在家里摆了六桌，这六桌酒席全部是外国人烧的。

外国人什么时候会烧菜的？这就不用多说了，当然是他在跟着荣海吃东家喝西家时，看着父亲掌勺，时间长了也就学会的。而最难能可贵的是，经历了一段沧桑后，在洋囡囡和外国人都步入中年时，他们却面临了下岗的考验。当有些下岗人员正在愁眉苦脸时，外国人率先在弄堂口摆起了快餐摊，做起了快餐店老板。后来随着快餐业务的发展，外国人包揽了附近学校和企业的午饭，还专门买了部面包车，邀请洋囡囡的老公，我的三表哥来送快餐。

现在，外国人的快餐店已经变成了一家大饭店，专门包场给那些办丧事的人，也就是做"豆腐羹饭"。豆腐羹是丧事中的一道经典菜，几块豆腐、几丝绿叶，勾芡起糊，盛在海碗里，人人用调羹吃上一口，以纪念死者的一身清白为人，也洗涤自己内心的污浊之气。吃过豆腐羹饭的人都会有一种感觉，一桌的菜肴再怎么丰富，只有这碗豆腐羹是最有味道的，除此以外的菜都味如嚼蜡。

但外国人的饭店，只只菜肴色香味美，那碗豆腐羹是该店的经典菜，让人吃了唇齿留香。虽然外国人已经不亲自掌勺了，但他还是每天亲赴厨房，查看菜谱和货源，因为他的内心深处有着一幕难忘的记忆，他是吃百家饭长大的，吃得最多的就是豆腐羹饭。

捌
老虎灶的记忆

【老虎灶】

一

上海的行业五花八门，名目繁多，唯独“老虎灶”让人记忆犹新。老虎灶是上海人对熟水店的称谓，因为店里烧水的器具就如旧时农村用来烧饭的灶头，上有两眼大锅，在灶头后面设一个更大的锅，里面烧着热水。

从远处观望这个供应热水的灶头，就如一头卧着的老虎，前头两口锅就如虎的眼睛，后面一口锅就如虎的身体，一根烟囱就如虎的尾巴高高翘起，老虎灶也就这样得了名。

据有关资料说，上海的老虎灶产生于19世纪70年代初，最初盛行于江浙一带。由于20世纪初，大量江南移民入居上海，因为生活习惯使然，人们还是喜欢饮茶泡浴，但那时候还没有煤球、煤气等方便的燃料，也许是为了提供大家方便的生活，就有了这个专门供应热水的地方，老虎灶就在上海生根开花。

在我家附近就有两家老虎灶，一家在我们弄堂的对面，一家是在后弄堂穿出去靠近吴淞路嘉兴路处，这两家老虎灶对我来说，留下了孩提时代的记忆。

二

记得小时候，阿娘给我猜过一个谜语：“长长弄堂，转弯火缸。”

我就猜是老虎灶，但谜底却是烟斗，可见老虎灶在我心目中的地位。那么，先来说说弄堂对面的那家老虎灶吧。

在我的几篇文章中，多次提到王革履和长脚娘舅拿着个热水瓶去老虎灶泡水吃。他们俩在我们弄堂里都算光棍（两人的故事，请看拙著《上海十八相》），平时在家不开伙仓的。但不开伙仓，茶总是要喝的，脚也是要汏的。特别是到了冬天，一个光棍从外头回来，钻进冰冷的被窝头，这种味道只有做光棍的人知道。但用汤婆子冲上从老虎灶买回来的热水，放进被头里，那感觉就不一样了。坐在被头里，再泡上一杯热茶，捧着热乎乎的茶杯，喝上一口，那种透过心肺的温暖，不亚于身边坐着个女人，让光棍们感觉到了家的温馨。

但我们家是很少去老虎灶买水的，虽然一角钱可以买上十多根水筹码，一根筹码就可以买回一热水瓶水。我的阿娘在用水十分紧急的情况下，才会不得已掏出一分钱去泡水，当然舍不得花一角钱提前买水筹码。但每年冬天有几天，阿娘却会让母亲带我们去老虎灶洗澡。

记得这是我第一次亲临老虎灶。

一只木浴盆，一块黑不溜秋的硬布帘，两只竹凳子。那块布帘子是用不同颜色的布料再塞进厚厚的棉花拼缝起来的，帘子外面围着很多人，有男有女，老老少少，每人手里拿着衣服，等着洗澡。我就坐在木盆里，母亲坐在竹凳子上，边上放着一盆热水。母亲就像打仗一样一边帮我洗澡，一边不停地用盆子里的水冲我的头和身体，这是我记忆中第一次在老虎灶洗澡，也是我哭得眼泪鼻涕淌淌滴的一场淋浴。

当年，母亲是抱着我走进老虎灶的。管老虎灶的是一个胖胖的老头，腰里围着一块大大的黑色橡胶的围单，两只裤脚管挽过了膝盖头，走路一瘸一瘸的。母亲叫他阿叔，并让我叫他阿爷。阿爷双手拎着两个木桶，当他把木桶重重地放在母亲身边时，我却看见了他腿上的一条疤痕，一条像蚯蚓一样的疤痕缠在他的大腿上，在黝黑的灯光下，闪闪发光。

在我们小时候，对人身体上的缺陷都认为是一种坏人的标志，更不用说这条像蚯蚓一样的疤痕，在我小小的眼睛里看来和毒蛇没有什么区别。再说，那四面用布帘子围起来的洗澡地方就如一个黑乎乎的洞，我在洞里感到紧张和害怕，而母亲也挽起袖子，一改平日那份稳重端庄的样子，拎起我的手腕，脱下身上衣服，把我塞进放着热水的木盆里。但我坐在木盆里，觉得浑身汗毛竖起来，浑身打着哆嗦。再加上母亲不停地往我身上浇水，不停地擦我身上的污垢，那块硬得像刷板一样的丝瓜筋，擦在我身上又疼又痒。于是，我就挣扎着想从母亲手里脱离出来。但我们身上手上都是肥皂泡沫，母亲没有抓住我的手，我就一下子从木盆里滚了出来，就如泥鳅滑出了木盆，跌坐在地上。

我哭了，一边哭，一边用手去抹眼泪水，但我的手上都是肥皂水，结果我哭得更凶了。这个时候，那个阿爷就站在布帘子外头叫了起来："哭什么哭？再哭，眼睛要哭瞎了。快点洗，后面还有很多人等着呢。"他的声音洪亮，在我听来就如打雷，再加上母亲拎起我那光滑的身体放进了木盆里，就如拎了只小猫一样。我拼命反抗，但我没有能力反抗，只有用哭来表示我的态度。

三

从那时起，我对老虎灶产生了一种敬畏之情，对阿爷索性避而不见。有时候我会坐在孔先生的小人书摊前，远远地看着那个像虎一样的灶头，看着阿爷站在灶头前放水，看着弄堂里的人拿着热水瓶去泡水。直到有一次，阿娘给我一分钱，叫我拿着铜吊去老虎灶泡水，我只好硬着头皮拿着铜吊走进了老虎灶。

当我学着别人的样，把铜吊放在水龙头下时，阿爷用他那洪亮的声音对我说："以后别拿铜吊来泡水。"

我用疑惑的眼神望着阿爷，他的脸就如一只凶神恶煞般的老虎，像要把我吃了。说话间，阿爷已经打开了龙头放水，在热水放到铜吊的一半时，他就把龙头关掉了，然后从水龙头下把铜吊拎了起来，径直走到了弄堂口，再把铜吊交到我的手里。我跟在他的身后，当我从他手里接过铜吊时，我看见了阿爷的脸上是一种慈祥的表情，可以说，他的这种表情对我来说就如看见老虎在笑一样，刹那间，我改变了对他所有的想法，原来老虎灶的人也很和善的。

我回到家里，看着阿娘用铜吊里的水将一只热水瓶冲满后，又把剩下的热水冲在了冷茶壶里。这时候，我才明白了阿爷为啥那么凶巴巴地说话了，明白了阿娘用铜吊去泡水的目的。从此以后，我再也不肯用铜吊去泡水了。

当我用热水瓶去泡水时，阿爷总是会把水冲满，总是会将热水瓶拿到弄堂口交给我。有一次，他把热水瓶交给我后，就一直站在弄堂口看着我走进家门。时间长了，我知道了阿爷的许多事情，阿爷早年就是靠挑水和卖水度日的，后来在同乡的帮助下，开了个老虎灶。但在一次放水时，水龙头失灵，热水冲在了阿爷的大腿上，腿上就留下了一条疤痕。

阿爷一年四季都生活在老虎灶里，一年四季就穿着短裤和汗背心。到了晚年，阿爷的老虎灶边上出现了个集市，人来人往，阿爷就在门口放了张桌子，让大家坐着喝茶。这时候的阿爷喉咙已经嘶哑，人也缩了一大截。随着煤气的普及，老虎灶的生意也渐渐败落，阿爷的生命伴随着老虎灶的命运也走到了尽头。

四

在我们弄堂后面的那个老虎灶规模比阿爷的老虎灶大，阿爷的老虎灶有两只水龙头，这个老虎灶的龙头有三只，且坐落在吴淞路和嘉兴路的中间。对面是个工厂，这个工厂叫“先锋电影制片厂”。在制片厂的边上有只垃圾箱，每天下午四点以后，就有一部手推的独轮车从厂门口出来，车子里全是报废的胶卷，厂里的人随手将独轮车里的胶卷全部倒进垃圾箱里。

男孩子们就在垃圾箱里找出大一点的胶片，这些胶片全是黑色的，可以用来看太阳。我的儿时伙伴老油条总是抢在所有男孩子前，把最大的胶片拾出来，然后分给我一张，让我放在眼睛前看太阳。此时的太阳挂在天边，闪着耀眼的光芒。我们拿着破的胶卷挡在眼睛前抬头看太阳，那金色的太阳在黑色的胶卷里，蒙上了一股神秘的色彩。我们一边看，一边跳着双脚惊叫着。

这时候，先锋电影制片厂的门又打开了，一个男青年推着独轮车向老虎灶走去。独轮车上放着一个漆着绿色油漆的保暖桶，那保暖桶很大、很重。只见那人把车子停在老虎灶前，将保暖桶放在了两只水龙头下，热水就哗啦啦地往保暖桶里灌。我们就像发现了新大陆，放下手中的胶片，一窝蜂似的涌到了老虎灶前看热闹，看那股热水从龙头里喷出来，应该说是三只水龙头同时在放水。管这个老虎灶的是一个年轻的姐姐，她穿着一件雪白的短工作服，梳着两根长长的辫子，一张桃花样的脸蛋上闪着一双明亮的眼睛，她全神贯注地看着热水从水龙头出来，并且拿起一个水勺，从老虎眼里直接掏出热水往保暖桶里灌。

我们一群孩子就围在老虎灶前看水慢慢地灌进保暖桶，听那四股不同的水声在保暖桶里发出和谐的声音。这水声真好听，就如滚滚山泉从山顶上奔流而来。后来，我们找到了规律，每天下午四点垃圾箱里就有报废的胶片，半个小时后，老虎灶里就有一个大保暖桶来放水，而且发觉从老虎眼里淘水的是那个男青年了。这个变化让我有点奇怪，也很想尝试自己拿着水勺去淘水。于是，我就想办法去接近这个姐姐。

那时候，我已经上小学四年级了，每天和老油条那些男孩子玩，特别是拿过胶片后，两只手就黑不溜秋，于是，我就到老虎灶边上一个放冷水的龙头去洗手。时间长了，姐姐也认识了我，并帮我梳头和洗手。我知道这位姐姐是从学校毕业后被分配到这里上班的，老虎灶已经属于服务饮食业公司了，她现在还是在学徒时期，以三年为期限。

我和姐姐成了朋友，并叫她为老虎姐姐。每天放学后，我就去老虎灶玩，我喜欢听水从水龙头出来，滴进热水瓶里，更喜欢“先锋电影制片厂”的那只保暖桶放在水龙头下，我用水勺子去盛水，再放进保暖桶里的那种感觉。水很重，还冒着热汽，透过朦胧的水雾，看见老虎姐姐对着那个男青年在笑……

老虎灶的工作是两班制，早上四点开始对外供应，晚上十点结束。

老虎姐姐一个星期上早班，一个星期是中班。不管她上什么班，我总会在四点之前出现在那里，我拿着胶片看太阳，拿着水勺子掏水，完了就坐在老虎灶里听老虎姐姐讲故事给我们听。如果有人拿着热水瓶来泡水，我就会站在老虎灶旁边，打开水龙头放热水。我是真心喜欢老虎灶，特别是冬天，站在老虎灶边，看老虎姐姐烧热水，我们拿着一个山芋在灶头上烘烤，空气里弥漫着一股山芋的香味。有时候，“先锋电影制片厂”的那个男青年会拿来一只白馒头，老虎姐姐就把馒头一片片切开，放在灶头上烘，然后分给我们吃。

我也经常坐在老虎灶间做作业，甚至在寒假学工时，我选择了在老虎灶学工，拜老虎姐姐为师傅。我学会了往灶肚里放进燃料，看着那熊熊的烈火把热水烧开，那灼热的火焰就如太阳一样把我的眼睛灼疼。这时候，老虎姐姐就会给我一块面罩，面罩上有一块墨镜，她告诉我，这是用来保护眼睛的。

我曾戴着面罩去看过太阳，那金色的太阳在面罩的墨镜里，就如一只咸鸭蛋黄。相比之下，老虎灶里的火就是火炬了，它给我温暖。在寒假结束时，我还发现了一个秘密，老虎姐姐和那个“先锋电影制片厂”的男青年谈朋友了。在当时来说，这是一件很新鲜的事，也让我兴奋了很长一段时间，并让我产生了一种想法，可以通过老虎姐姐问她男朋友讨胶片了，拿一张特大的胶片让我看太阳。

可老虎姐姐告诉我：“大的胶片拿出来就属于偷国家财产。”

但我没有理解这句话，只是在心里想着老虎姐姐的小气，于是，我也就渐渐疏远了老虎姐姐。直到若干年后，我有了一副太阳眼镜，在一次日全食时，就站在这块儿时经常看太阳的地方，我感受到了太阳和月亮相逢在一起时的震撼，那一团白灼的光环在黑色的圆点中闪烁着，让我想起了老虎灶中燃烧的火焰，想起了老虎姐姐，想起了自己的童年……

五

当我站在故地，回头遥望，我曾经熟悉的老虎灶已经关掉了，老虎姐姐也不知去了哪里。但一种好奇心让我要去找老虎姐姐，我相信她一定会出现在我身边。

终于功夫不负有心人，有人告诉我，老虎姐姐和那个“先锋电影制片厂”的男青年结婚后，正逢出国热，夫妇俩就去了澳大利亚。前几年才回来，在上海开了一个净水循环系统的公司。我知道了这个公司的地址，便满怀信心走进了这家公司。

我看见了一位风度翩翩的少年，他穿着夹克衫，坐在办公桌前。从他身上，我看到了一个人的影子，一个当年推着独轮车去老虎灶泡水的年轻人的影子。此时，他已经抬起头看着我，当他知道我是来找他的妈妈时，就叫出了我的名字，说他从小就从妈妈那里听说过我许多的故事，并讲到了我喜欢用胶片看太阳，还想从他爸爸那里得到大的胶片……

我静静听着这些往事，记忆的片子就在我的脑海里一幕幕闪现：胶片、老虎灶、白馒头、烘山芋，还有那浓浓的水蒸气和那灼眼的灶火，如太阳一样给我们带来希望……

玖 扦脚女阿花

扦 脚

一

在讲扦脚女阿花的故事之前，先向大家介绍一下扦脚这个行业。

脚是人体的重要部分，它和人体的其他器官一样，也会生各种毛病。生在脚上的病就叫脚病了，最常见的是“鸡眼”、“灰指甲”等。对这种脚病的修治技术各地叫法不一样，有叫修脚的，也有叫刮脚的，但阿拉上海人称扦脚。从“扦”这个字眼中，我们就能体会到上海人的精细和认真。首先“扦”就是一个工具，是用金属或竹、木制成的一种针状器具，那么，用“扦”来治脚病就叫扦脚了。

扦脚并非是中国人的独创，外国人也要生脚病的，但他们叫足部护理，听着比较优雅，并规定每年 6 月 13 至 19 日为国际护足周，可见脚病早已经被大家所重视。

其实，我们的老祖宗早在公元前 1300 年的甲骨文中就有了对于脚病的记载，相传在商代即有周文王患甲病，有一个叫“冶公”的人用“方扁铲”将其治愈；隋朝《诸病源候论》中也有胼胝和肉刺的记载，所以追溯治脚术的历史也是十分悠久的。到了清代，由于重视了“整足”，治脚病已成为一个专门的行业。光绪年间河北定兴李廷华所著的《五言杂字》中，有“修脚剜鸡眼”的文字记载，可见当时治脚术已广泛为脚病患者服务了。

上海滩有三把刀是很出名的，即扬州人的菜刀、剃头刀和扦脚刀。掌握这三把刀的都是男人，但我这里要讲的扦脚女阿花却是个女的。

只是在故事开始时，她是女扮男装的。

二

在我记忆中，弄堂对面的老虎灶旁边摆着一个搭了一块白布的棚子，地上铺一块红布，上面布满从有脚病的脚上修下来的脚疔、脚垫等皮肉，墙上挂一幅画着各种脚病图样的白布，一个戴着一顶黑色呢帽子的男人在对过路人按图指画讲解着，以招揽生意。但这个扦脚地摊是流动性的，每逢星期天上午来这里摆摊。

后来，我跟着父亲去那里看过扦脚，并有幸一睹了那位扦脚师的尊容，一张墨黑的面孔，一副雪白整齐的牙齿，逢人就是一张笑脸。如果不是这张笑脸，给人感觉就如包公。此人个子不高，却穿着一件黑色的大袍，把自己的身体全部包裹在那件大袍里。她说话声音有点嘶哑，在向人介绍自己叫什么名字时自称为“阿花”。其实，上海人把“华”和“花”发同一个音，她其实是叫阿花，但大家误听为阿华了，也就误传为阿华，再也没有人把她当作女人，何况谁也不会想到她是个女人。毕竟扦脚是门冷僻的行当，又是捧着人家的臭脚挖鸡眼和挑肉刺，就是男人也不肯做这个活的，何况是女人？再说，那时候的人传统观念很深，对女人出来工作总是会带着一种歧视的眼光，更不要说一个女人去捧人家男人的臭脚了，也很少有男人愿意别人家的女人来捧自己的脚。所以那时候的阿花把自己裹在男人装里，也默认了大家叫她为阿华。

所以，那时候的阿花是男人，是叫阿华。阿华的手艺非常好，特别是他那双手小巧玲珑，捏着父亲的脚，不轻不重几个来回就治好了父亲一直深痛恶绝的脚病。父亲是个干净英俊的男人，他的身上从来不生什么浓疱和痤疮，但老天爷就让父亲在脚后跟生了一块“鸡眼”，一走路就脚后跟痛，有时候脚上鲜血淋淋。经过阿华的治疗后，父亲脚上的鸡眼就被扦掉了，而且是彻底除根。

父亲是个知道感恩的人，为了报答阿华，他就帮他介绍生意，把单位里生脚病的同事介绍给阿华，这样一传十，十传百，阿华的生意也好得出奇，甚至出现了预约扦脚。这样一来也帮老虎灶带来了生意，凡是要扦脚的人，先用木桶盛上热水泡脚，要不就在老虎灶阿爷处泡上一壶茶水，一边喝茶一边等扦脚。阿华的扦脚地摊边上热闹非凡，各种生意纷纷出现，有卖花鸟的，有卖旧书的，有卖老家具的，各色人等在这里聚集喝茶聊天，慢慢地就形成了一个集市。阿华也索性在这里把地摊固定下来，在弄堂里问人家借了一个小房间住了下来。

也就是说，阿华再也不用走户穿巷了，他在老虎灶边上安营扎寨，搭了个简易的木棚，并为自己的扦脚店起了个名字叫“阿花扦脚店”。当他把招牌挂出来时，大家有点吃惊，怎么会叫阿花呢？难道是他有个女儿叫阿花？但自从那个“阿花扦脚店”开张后，更惊奇的是那个始终黑袍裹身的男人一下子不见了，却换了一个穿着女人衣服的中年妇女，干干净净地坐在店里。刚开始几天，店里生意一点也没有，就是有人来到店里，探头看看，见店里是个女人，也扭头就跑。不管阿花怎样向人解释自己就是穿黑袍的阿华，就是没有人相信以前的阿华会变成眼前的阿花。但她仍是嘶哑地说着话，那双小手拿着“扦”在大家眼前晃来晃去，以此来证明自己就是那个阿华。

三

阿花的证明是徒劳的，她越证明，大家就越好奇，甚至认为阿花是半雌雄，前头是男人，现在做女人了，并说她的一双手会发出臭气，就是一块白豆腐到了她手里也会变成臭豆腐干。这些话我听了就觉得好奇，真的一块白豆腐会变成臭豆腐？要知道我最喜欢吃豆腐了，特别是油豆腐我是当肉吃的。但一想到阿花那双手，我连续几天不吃豆腐。

有一天，我发觉自己的小脚趾上出现了一块红斑，先是像一粒赤豆大小，后来赤豆上长出一根根刺，赤豆越大，刺越硬，我就用手去剥，剥得来鲜血淋淋。我就去问父亲，这是什么东西？父亲说“是老鼠奶奶”。我一听吓了一跳，老鼠奶奶，多么脏的东西呀？父亲还对我说：“你肯定偷吃了老鼠吃过的东西，所以才会生老鼠奶奶。”

于是，父亲带我去了那家阿花扦脚店。也可以说，自从“阿花扦脚店”开张后，一直没有生意，我是她的第一个顾客。阿花见我去她的扦脚店，那股亲热劲就别提了，她先递给我一盘什锦糖，再给我父亲倒了一杯热茶，说过去摆地摊时条件有限，对大家照顾不周到，请多多包涵。当阿花把糖递到我手里时，我却不敢吃。于是，阿花就在什锦糖中挑了一颗大白兔奶糖，帮我剥了糖纸头，把一颗发着浓浓奶香味的糖塞进了我的嘴里。我却把糖吐在了地上，对阿花说：“你的糖是臭的。”

阿花顿时呆呆地看着我，然后她一声不响地从地上拾起糖塞进了自己的嘴里，再把什锦糖果盘放在我面前说道：“你喜欢吃什么糖自己吃哦。”

“不吃，一块白豆腐到了你手里都会变臭豆腐的。”我对阿花说道。

父亲却捧着热茶喝了起来，并用他大大的眼睛瞪了我一眼，骂我道：“小娘居，说话没有轻重。”

我心里却涌起一股说不出的味道，为父亲难过。阿花的手一天到晚捧着人家的臭脚，再帮我们倒茶和剥糖，想想都要倒胃口，更不用说直接吃进嘴里。可是我心里虽然不喜欢阿花，但我的脚却需要阿花，于是，父亲对我说道：“人家闲话瞎听八听，一点规矩也没有。坐好，让阿花帮你扦脚。”

阿花忙给我递上一张椅子，这是一把藤椅子，背很高，我坐在上面有一种腾云驾雾的感觉，再把脚搁在一张小凳子上，浑身放松。这时候，我的嘴好想吃东西，可那个糖果盘离我有点距离，幸好父亲知道我在想什么，就帮我剥了一粒大白兔奶糖，放进了我的嘴里。我一边嚼着糖，一边抬着头，把背靠在藤椅上，感觉着腾云驾雾时，只觉得有双温暖的手把我的脚捧着，她轻轻地抚摸着我的脚，并在“老鼠奶奶”边上用扦轻轻敲了几下，问我痛吗？我还没来得及回答，脚上就有股刺心的痛，让我惊叫了一声。随着我的惊叫，阿花已经把我的脚放在了小凳子上，她说了声：“好了。”

啊？好了？我就低下头去看自己的脚，咦，那个赤豆没有了，小脚趾上只有一点红的血印子。阿花笑眯眯地看着我，她的手里托着一个白色的盘子，盘子里有一粒黑乎乎的浑身长毛的小东西。阿花对父亲说：“就是这粒小东西让小娘居吃了苦头。”但她对父亲说了句话，让我对阿花产生了好感。她说：“小姑娘长这个东西是身上湿气太重，但也不是坏事，以后她的脸上不会长任何坏东西，要长什么痘痘的话也是长在阴暗处，比如生脚气或是痘痘长在屁股上。”

父亲一听就笑了，说小姑娘最要紧的就是一张面孔。

我对父亲说：面孔长得好看有啥用？要聪明。

阿花却说：女人的面孔最要紧，我就是长了一张像关公一样的脸，只好做扦脚生意。

我一听，就扭头去看阿花的脸，还真的是，她的脸像面盆一样大，两只眼睛如铜铃，嘴唇厚厚的，再加上那沙哑的声音，活脱一个男人相。

这时，阿花对我说：你将来肯定是个美女。

我问她什么样才算美女？

阿花说：古代的美女以皮肤细腻洁白为美，现代的美女以眼睛大为美，这两样你都具备了，但等你长大了，还是以皮肤细洁为美。

那怎样才能保持皮肤的细腻洁白呢？我对阿花产生了好奇心。虽然那时候我才上小学，但出于一个小姑娘的爱美之心，我很想知道美女是怎样产生的。

阿花笑了，那笑声就如一只鸭子在叫，一张厚厚的嘴巴张了老大。我简直不敢相信有关美女的事情能从这张嘴里讲出来。但阿花真的讲了出来，而且让我牢记了一辈子。

她说道："要皮肤细腻洁白，只有养肾。而养肾始于足下，经常脚底按摩，再加上晚上用热水泡脚，脸色永远如少女。还有一点，上厕所小便，也要咬紧牙关，不要说话，这是在养肾，不但养肾，也是保护牙齿。一个美女有一口洁白整齐的牙齿是最起码的事，古人说美女就是以红唇白齿为标准的。"

听了阿花的话，我回家就在镜子前反复照着。我对她的话将信将疑，但爱美之心人皆有之，我就上厕所不说话，咬紧牙根。后来在我三十岁之前，遇到一位高人，他在传播养身之道时，就讲到了上厕所咬紧牙根不说话，还有热水泡脚。再后来，在我专门负责的一个养身栏目采访一位百岁老人时，他也讲到上厕所咬紧牙根和热水泡脚。这时，我才彻底相信了阿花的话，好在我于三十岁之前就开始行动，并作为一种人生财富与大家分享。

四

自从我在阿花扦脚店扦过脚后，渐渐地“阿花扦脚店”生意兴隆起来，同时一个叫郑芬芬的扦脚女工也出现在上海各大报纸上。郑芬芬是上海第一代修脚女工，在全市第一个开办修脚门诊部，并成为第一个女子一级扦脚师。她的出现，改变了大家的观念，也为阿花的生意带来了转机。阿花把报纸上介绍郑芬芬的报道认真地剪下来，贴在店里，并口口声声说要去拜郑芬芬为师。

其实阿花的手艺不差于郑芬芬的，问题是没有人宣传她。但真正有水平的人是不用宣传的，何况，阿花已经和我们弄堂里的人打成了一片，大家都认可她的扦脚技术。在大家的支持下，她把店面扩大，买了几只按摩椅子供大家坐。再后来，她招了几个徒弟，有男有女，专门为人按摩脚底心。

自从阿花开设了脚摩项目后，我经常去按摩，从最初的清水泡脚到后来的生姜、牛奶等五花八门的精油按摩，让我深深喜欢上了阿花。

但阿花老了，她已经不做扦脚和按摩了，每天只是在店里坐镇，收收钞票，有时候看见我们这些老邻居，她就说些往事，并老问我们：你们知道吗，我为啥要女扮男装做扦脚这行档？

是呀，阿花为啥要女扮男装呢？这也是我们最想要知道的事，可阿花没有告诉我们。但一个男人的出现，让我们知道了全部。

这是一个下着细雨的秋天，阿花扦脚店来了一个满头白发的老人，自称是阿花的丈夫。当时他站在店门口，浑身被雨淋湿了。一个扦脚的男学徒请他进店避雨，可那人说要找个叫阿花的女人。学徒说阿花就是自己的师傅，师傅这几天身体不舒服在家休息。

那男人一听阿花在家休息，忙问道："她有家了？和谁生活在一起？"

"师傅一直一个人生活。"学徒回答道。

当知道阿花还是一个人生活时，那男人似乎松了口气，然后走进了阿花的扦脚店，他自报家门道是阿花的丈夫，他是来领妻子回家去的。

原来，阿花是江苏南通人，嫁给了当地的农民。婚后因为阿花一直没有生育，再加上她长得五大三粗，丈夫一直没有真心喜欢过她。有一次阿花去街上买东西，遇见了一位修脚的人，听说修脚师是个走江湖的人，凭义气讲交情仗义走天下，于是，她就女扮男装拜了这位江湖修脚师为师傅。那位师傅把一手修脚技术全部传给了阿花，并把她当义子看待。直到临死，师傅都不知道自己的徒弟是个女的。

丈夫见自己的老婆失踪了，就四处寻找。为了躲避夫家人的找寻，阿花就隐姓埋名来到了上海，在我们弄堂口摆了个扦脚的摊头维持生计。这次她丈夫是来找她回南通去的，他说自从阿花失踪后，他才发觉身边少了个女人，自己也失去了一半男人的性质。

五

后来，阿花没有跟着男人回南通，而是男人留在了上海，留在了“阿花扦脚店”和阿花共度晚年生活。随着上海街头大大小小专业修脚机构的出现，“阿花扦脚店”成了培训扦脚师的机构，她培养出来的扦脚师都自己开店做老板，做师傅。而阿花是祖师爷了。

但最让我们欣慰的是，晚年的阿花完全变了一个人，她的皮肤变白了，说话的声音也柔软了，特别是她那双像铜铃一样的眼睛，随着年纪的增大，铜铃变成了月牙形，连眉毛也是弯弯的。大家都说她变漂亮了，是一个慈祥的老太太了。

在大家的赞美声中，阿花对我们说：“我本来就是美女，因为要生存，闯荡江湖，时间久了，就忘了自己是女人身了。”

是呀，因为生存是人的第一需求，只有在满足了人的日常需要后才会顾及其他一些东西。就如我们现在会去脚底按摩，只有在脚底按摩时才会接受脚摩师的建议对足部进行护理，才会想起那些曾经的扦脚师们的生活，一切都不是简单的。在为很多传统行业渐渐凋零而感到惋惜的叹息声中，扦脚师也成了最受人们尊重的职业，并有很多女人走上了这一工作岗位，她们可以大大方方地赚钱，可以风风光光地做女人……

拾 『大世界』娘娘

一

在我很小的时候，隔壁住着一个漂亮的女人，我们都叫她“大世界”娘娘。为啥叫她“大世界”娘娘呢？当时，我还很小，不知道其中原委，只知道跟着大家这样叫她。

后来我长大了，知道了上海有个娱乐场所就叫“大世界”。它是1917年由沪上大商人黄楚九创办经营的，1930年转由上海滩青帮头领黄金荣经营。“大世界”里面以上演全国各地戏曲节目为主，除每天演出十多种戏曲外，最具特色的就是放在进口处的哈哈镜了，只要人一走进娱乐场，那十二面大镜子就能使人变长、变矮、变胖、变瘦等，千姿百态，引人捧腹大笑，故谓之“哈哈镜”。“大世界”因而名声大噪，游客不断，成为当时远东地区最大的游乐场。

当时上海人习惯以长相或是所从事的职业给人起称呼的，因为住在我们隔壁的娘娘在“大世界”里做了一个女服务员，也出于对弄堂里长辈的尊重，我们小孩子就叫这位娘娘为“大世界”娘娘了。

“大世界”娘娘每天把自己打扮得山青水绿，拎着一个小包去位于西藏路上的“大世界娱乐场所”上班。她去上班的时候总是下午四点以后出门的，晚上什么时候回来，我就不知道了。但第二天，到吃中饭的时候，“大世界”娘娘肯定会在公用灶头间里烧阳春面吃，有时候，看见我就会给我吃几粒花生米或是茴香豆。

“大世界”娘娘在我的印象中非常漂亮，她的脸上始终带着微笑，对人十分和气，说话的声音也是细细的。有时候，阿娘用大嗓门和她说话，她也是微笑着听着阿娘说话。但阿娘告诉我，这个娘娘是“玻璃杯”，是“花瓶”。

我听了觉得奇怪，娘娘怎么是“玻璃杯”和“花瓶”呢？玻璃杯是招待客人时用来泡茶的茶杯呀？花瓶是我姆妈用来插花的东西呀？难道是因为娘娘长得漂亮，皮肤光洁，站在灶头间就像一只漂亮的玻璃杯放在油腻刮拉的灶头上，却散发着亮眼的光泽吗？可阿娘用她狡黠的眼神对我眨着眼，并对我说：“离她远一点。”

自从阿娘跟我说这位“大世界”娘娘是玻璃杯后，我就对她产生了一种矛盾的心态，又想离她远一点，又想靠近她。但想离远一点却是非常难的，因为娘娘和她的哥哥住在一起，她就住在后客堂间里搭出来的阁楼上，她有一个侄女和两个侄子，她的侄女叫阿飞，是我儿时的伙伴，我也常和阿飞一起玩，有时候就爬到娘娘睡的阁楼上，再从阁楼里跳下来。

我就在和阿飞玩的时候知道了“大世界”娘娘的一些事情。“大世界”娘娘年轻的时候嫁给了一位有钱人家的少爷，嫁过去没有几天，少爷莫名其妙死了，死的样子十分可怕，脸色发青。其实少爷是因为心脏病，心肌梗塞死的。但那时候，知道这种病的人不多，以为新嫁进来的少奶奶是只狐狸精，克死了少爷。可怜的少奶奶就在丈夫家守了三年丧。三年期满后，夫家人把她娘家的人叫去，问怎么处置这个人？那时候，娘娘的父母都尚在，想想自己的女儿，一个黄花大闺女嫁过去，却成为一个寡妇了，而且不明不白被人家认为是“狐狸精”，这以后的一生也就完了，于是，父母就把女儿带了回来。

二

那时候，嫁出去的女儿就如泼出去的水，回娘家的日子也不好过，幸亏“大世界”娘娘的哥哥是个大好人，他同情妹妹的遭遇，并在父母双双离世时，向双亲保证一定为妹妹养老送终。

可哥哥已成家立业，一个人工作，要养一家子人。“大世界”娘娘于心不忍，想出去工作，哪怕是自己养活自己，也是一个人最起码的要求。“大世界”娘娘在做小姑娘时读过书，有点文化基础，她想去做小学老师。但没有一个校长敢收她，认为她身上有股狐狸的骚味，怕教坏学生仔。

没有办法，“大世界”娘娘就去了“大世界娱乐场所”做了一个服务员，专门为人泡茶递毛巾，有时候就坐在边上陪人看戏。这份活其实是很苦的，收入也不高，全靠客人的一点小费，有时候，我们吃到“大世界”娘娘分给我们的那些五香豆或是零散的糖果，都是在“大世界”白相的客人吃剩下来的东西。

也从那天起，我在心里对“大世界”娘娘产生了同情心，开始关注她了。

但阿娘说她皮厚，看见男人就骨头轻，走起路来屁股都不知道要放哪里了。我真不明白阿娘为什么对“大世界”娘娘这么反感，而“大世界”娘娘对阿娘却特别好，看见阿娘在灶头间做事，她总是站在边上细声细气问阿娘烧什么菜，说宁波菜味道特别鲜。有时候，她看见我阿爸在灶头间，就热情地叫他阿哥，看到我姆妈就叫阿嫂。但阿娘只要看到“大世界”娘娘要和阿爸搭讪，她就叫阿爸回房去，并用眼睛对“大世界”娘娘狠狠地白一眼。

倒是我姆妈和“大世界”娘娘相处得不错，有时候在穿什么衣服时会请教“大世界”娘娘，而这个时候，“大世界”娘娘就会十分热情地告诉我姆妈现在流行什么款式的衣服，还邀请我姆妈空的时候跟她去“大世界”白相，她说跟她去可以不用买门票的。

我一听，可以去“大世界”白相，就缠着姆妈要去。但阿娘坚决反对，说要去也自己去，阿拉不贪这几张门票的钱。但姆妈也想去“大世界”白相，于是，姆妈和阿爸带着我瞒着阿娘出去了，并对阿娘说，阿拉去南京路兜圈子。

三

我们到了“大世界”，只见“大世界”娘娘等在门口，她一见到我们就满脸带笑，还把我抱在了怀里。我姆妈一见她要抱我，就对她说：“小姑娘大了，勿要抱来，让她自己白相。”

“大世界”娘娘带着我们从“大世界”的后门进去，再从一扇小门出来，转过几个弯就进入了一个富丽堂皇的大厅，大厅的中央一帮子人站在一面面镜子前哈哈大笑着。我就知道了，这肯定是哈哈镜。于是，我就奔了上去，挤在人群中也去照哈哈镜了。

那镜子靠墙贴着，有凹进去的也有凸出来的，有横胖的也有细长的，根据不同形状，照出不同样子的人。当我站在一面镜子前时，我简直找不到自己的人了，咦，我的人呢？于是我再在镜子里找我姆妈，姆妈站在镜子里，人矮得就像一只被踏扁的灯笼壳子，塌陷在地上。我再转头去看身边的姆妈，她亭亭玉立在我身边，紧紧搀着我的手。我再去镜子里看，努力寻找我的影子，终于在那只踏扁的灯笼壳子边上看到一个小得只有一点点的人，站在灯笼壳子边上就像一粒盐炒豆。我顿时笑起来，笑得肚皮发痛，小肠发热，害我直叫要小便了。于是，姆妈忙回头去找“大世界”娘娘，想问她厕所在哪里。

但四周没有“大世界”娘娘的人影，就连阿爸的人影也不见了。姆妈就带我去找厕所，可我们走到一面平面镜子前时，我看见自己像样地站着，穿着一件雪春纺的连衣裙，两根羊角辫子竖在耳朵两边，姆妈穿着一件由旗袍改过来的对襟上衣，下面是一条人造棉的黑裤子，母女俩站在镜子里，像模像样。我被这面镜子吸引了，镜子里的我两条腿又细又长，我的脖子更长，就像站在先施百货公司橱窗里的模特儿。姆妈拉着我要去找厕所，我却站在镜子前不肯走，我对姆妈说：“我要做镜子里一样的美人。”

姆妈问我：“侬不想小便了？”

我说：“笑过了，就不想小便了。”

“那好，我们去找你阿爸。”姆妈说着，就拉着我的手从人堆中走了出来。

“大世界”好大，人也多，大家挤来挤去。好不容易在人群中找到了阿爸，他坐在一个舞台前，在看杂技表演，他的边上坐着“大世界”娘娘。“大世界”娘娘看到我们进来了，就从阿爸身边站了起来，她向我姆妈招手。姆妈走到了她的身边，她就对我姆妈说：“阿嫂，侬坐，我去别的地方忙了。”

“大世界”娘娘说完就用她的手摸了摸我的脸，向另外一排方向走去。我看着她的背影，她穿着一件紧身的旗袍，脚蹬一双高跟皮鞋，一头长波浪披在肩上，她的身体在走动的时候就如一条蛇，扭来扭去，她扭到了前头一排位子上，在一个男人身边坐了下来。我突然想到，刚才她就是这样坐在我的阿爸边上，她做啥要坐在我阿爸边上？我的小心脏顿时乱跳起来，我想起了阿娘对她的态度，于是，我就回头去看阿爸，只见姆妈在对阿爸说：“你刚才给她小费了吗？”

阿爸说：“给了，权当门票的钱。”

姆妈说：“给得太少了，她很不容易的。”

阿爸听了就点点头，我心里又明白了点什么。就在我懵懵懂懂的时候，“大世界”娘娘又走到了我们面前，她捧着一个托盘，托盘上放着茶水和花生米，还有各种糖果。她在我面前半蹲下来，把托盘放在我面前让我挑，就在我挑的时候，姆妈就在托盘上放了几张一角头的钞票，可“大世界”娘娘把钞票拿出来塞进了姆妈的手里，姆妈还是把钞票放进托盘里，“大世界”娘娘就把钞票塞进了我的裙子袋袋里，并且用手紧紧地捂着我的袋袋，用她那双温柔的眼睛望着我姆妈，她摇着头，似乎在恳求着什么。我望着“大世界”娘娘，她的眼睛在舞台的灯光下闪烁着一种水晶晶的光泽，她的眼睛就如荷花一样开在我们面前，我被她吸引了，“大世界”娘娘好美丽好慈祥呀，如果她和那个少爷一直生活在一起，如果那少爷还活着，那她也会有孩子的，她就不会做“玻璃杯”和“花瓶”了。

四

自从“大世界”回来后，我就喜欢上了“大世界”娘娘，经常去她的阁楼里玩。“大世界”娘娘就拿出她的首饰盒让我看她的行头，把她的珍珠项链和金项链往我身上戴，还用胭脂粉帮我化妆，用口红在我的眉毛间点个红红的圆。当我从她的阁楼里出来，去见阿娘，并兴高采烈地想叫阿娘欣赏我的美丽时，没有想到，阿娘看到却勃然大怒，骂我是“狐狸精”，好好的人不做，却要做妖怪。

我很委屈，我觉得“大世界”娘娘把我打扮得很漂亮的，为啥要这样骂我呢？阿娘骂了以后，就跑到后客堂对“大世界”娘娘说：“以后，侬不要碰阿拉小娘居，伊还是娘子头，不要带坏她。这老古话说得好，学好多难，学坏一天就学坏了。侬将伊的眼睛、嘴巴、眉毛画得像个婊子，将来也做‘玻璃杯’、‘花瓶’，阿拉一家人家台也塌光了，人也勿做了。”

“大世界”娘娘一听，就说：“‘玻璃杯’、‘花瓶’哪能了？吃侬，用侬了？”

阿娘说：“侬有本事，只会勾引男人。”

“大世界”娘娘说：“勾引男人也正常，我又没有男人。”

阿娘一听就不说话了。是的，“大世界”娘娘没有男人的，她喜欢男人也是正常的。再说她只要不勾引我阿爸，那她就是好娘娘。

可问题来了，“大世界”娘娘自从和阿娘争过后，她看见阿爸就喜欢上来搭讪，阿爸对她也十分友好，并且要我姆妈为“大世界”娘娘介绍男人，让她早点嫁出去。

我姆妈是个热心人，于是就去找“大世界”娘娘，问她想找个什么样的男人。没有想到“大世界”娘娘一口回绝了姆妈的好心，她说自己命薄，是克夫的，不好再去害别的男人了。姆妈对她说：“就怕到老了，没有人照顾。”

可“大世界”娘娘说：“我有侄子和侄女。”

姆妈也就没有别的话好说了。她回来对阿爸说：“她是这个命。”

后来，“大世界”关掉了，“大世界”娘娘就到一家百货店做了一名营业员，有了固定的经济收入，并有了一个非常好听的名字：人民售货员。每天早上八点上班，晚上六点下班，生活有了规律和保障，可阿娘还是说她是“玻璃杯”和“花瓶”。在阿娘这辈人的眼里，女人从事服务性行业就是不正经的。但我们继续叫她“大世界”娘娘。

转眼很多年过去了，已人到中年的“大世界”娘娘，风韵犹存。她旗袍不能穿了，就穿紧身的连衣裙，用一根白色的皮带束在腰间，走起路来仍旧像条蛇一样扭来扭去。

她看见我阿爸仍是一口一个阿哥，有时候看见我阿爸在阳台上喝老酒，她就坐在边上看阿爸喝酒，说我姆妈好福气，找了一个好老公。她看见我仍像我小时候那样喜欢我，要给我梳头发，帮我打扮。我就随便她怎么弄，因为“大世界”娘娘在百货商店上班，眼界也开得多，知道什么是新潮，什么是流行。再说，阿娘也去世了，再也没有人说“大世界”娘娘的长短了。

五

不久，“大世界”娘娘到了退休年龄，从百货公司回家养老了。

刚开始时，她和弄堂里的人打打麻将，晚上就躲在阁楼里看电视，并经常出去散步，保持着良好的身材。后来，街道成立了三产性质的娱乐服务行业，需要一位懂得服务规矩的人来为新手培训，于是，“大世界”娘娘以“老法师”的身份被街道聘用，专门培训那些从外地招来的小姑娘，教她们怎么接待顾客，怎么为顾客倒水端茶，看见客人带着孩子怎么帮助他们。凡是经过“大世界”娘娘培训的服务员，个个都成了优秀服务员。

再后来，街道成立了旗袍时装表演队，“大世界”娘娘就去报名参加，时装队的队长一看“大世界”娘娘的身材，就知道她是一个注意保养和有故事的人，就请她为新来的队员做培训顾问，教她们怎么站，怎么走路，怎么样穿旗袍。“大世界”娘娘每天忙得不亦乐乎，以一种“老法师”的姿态对待这份顾问工作。

“大世界”娘娘又穿起了她心爱的旗袍，只不过是已经改良过的那种旗袍了，是那种前胸开个尖心、后面装拉链的旗袍。“大世界”娘娘那头花白的头发已经染成了酒红色，盘成一个高高的发髻竖在头顶上，她又恢复了一种生活的精神头，并且在男装的表演队里找到了一个志同道合的男朋友。那个男的妻子生病去世多年，一直没有再婚，可看见“大世界”娘娘，就魂不守舍，像是前世有缘一样，一天到晚来我们石库门看“大世界”娘娘，陪“大世界”娘娘打麻将，陪她看电视。我们都劝“大世界”娘娘，这次真的好嫁人了，可“大世界”娘娘还是说：“我有侄子侄女为我养老的。”

后来，“大世界”娘娘还是嫁给这个男人了，听说是她的侄子侄女要她嫁人的，他们对自己的娘娘说：“我们会为你养老送终的，但作为一个女人，还是要找个爱你的男人，牵着你的手慢慢变老。”

那天，“大世界”娘娘作为一个新娘子，穿上了洁白的婚纱，在侄子的搀扶下，走上了红地毯。她出嫁的那天，街道时装表演队全体盛装出现，男的西装革履，女的旗袍婷婷，大家笑脸相对，为“大世界”娘娘的美好生活祝福。同时，“大世界”娘娘在她曾经指导过的娱乐场所举行了结婚典礼，让大家唱歌跳舞，庆祝自己的婚礼。

这一幕，我的阿娘没有看见，我的父亲也没有看见，因为他们已经先后离我们远去了。但我的母亲亲手为“大世界”娘娘穿上了一双红皮鞋，送她上了新轿，我们一幢楼的人都来为“大世界”娘娘送行，就如石库门里所有的女儿出嫁一样。祝“大世界”娘娘晚来的婚姻幸福美满。

拾壹

开棋牌室的女人

【棋牌室】

一

很多读者在看过《上海十八相》的那篇“宁波阿嫂”后，就问我：那个宁波阿嫂是不是白相人？看她一天到晚不上班，老是喜欢打麻将。我说宁波阿嫂不是白相人，她是正宗的小姐出身。如果说她是棋牌室的女人，倒可算得上的。

但我今天讲的是和棋牌室有关的另一个女人的故事。棋牌室里的女人不一定是指有赌性的女人，也有以棋牌室为生计，养家糊口的人。但在老一辈人的观念中，凡是在棋牌室混日子的人都被称为“白相人”，那如果是女的，就叫“白相人嫂嫂”了。而白相人在旧时的社会中也算是一种职业，他们在市面上混吃混喝，明抢暗偷，说白了就是流氓，那么女流氓就叫白相人嫂嫂了。

在我还很小的时候，阿娘就帮我们做规矩，如果看见我站在门框边，脚一抖一抖站着和人说话，就会骂道：“娘子头这样站着像啥样子？想做白相人嫂嫂？”这句白相人嫂嫂不用任何人做解释，我就知道是在说我像女流氓。因为，在我刚知道好人和坏人的概念时，耳朵边就一直听到这句话，特别是在贬低一个女人时，就说她像白相人嫂嫂，所以，我知道这句话的含义。特别是我帮阿娘点香烟时，自己先吸一口，然后用手指夹着烟，放在嘴边想模仿一下电影里女特务的样子，阿娘就会朝我冷不防地扔过来一把扫帚柄，骂一句：“什么东西不好学，却要学白相人嫂嫂？”

在阿娘的世界观里，什么女特务啊，女流氓啊，包括要轧姘头的女人，都是坏女人，她统统称她们为白相人嫂嫂，并告诉我阿拉弄堂里的一个女人就是白相人嫂嫂出身。我一听阿拉弄堂里也有个白相人嫂嫂，就来了兴趣，要阿娘讲给我听那个白相人嫂嫂是啥人。但阿娘说，不好讲出那个人是啥人，如果让白相人嫂嫂知道我们在讲她，她要请你吃生活的。

我一听，心想这个白相人哪能介凶？但我听了阿娘讲的白相人嫂嫂的故事后，不但没有觉得她凶，反而同情起她来。

这个白相人嫂嫂就是我天天看得见的住在我家对面的前楼姆妈，一个长得非常漂亮、待人和气的中年妇女，她有五个儿子，个个长得英俊帅气，那五个儿子走在弄堂里，就如五座高山，而前楼姆妈走过弄堂时就如一条小河缓缓地流淌着，让人感觉到她身上洋溢出来的一种女人柔和的魅力。只是我从来没有看见过她的丈夫，也老是在想前楼姆妈是怎么把五个儿子生出和养大的。但阿娘告诉我，前楼姆妈就靠做白相人养活了五个儿子，其中三个儿子还不是她亲生的。

二

在很早之前，前楼姆妈还是一个小姑娘时，她的名字叫杨翠环。听听，这个名字有多美，人家杨贵妃在还没有进入皇宫前也只不过叫杨玉环，这一个玉和翠放在一起，究竟是谁更漂亮呢？玉以洁白和无瑕来证明自己的美，翠则以透和润为美，相比之下，我觉得翠比玉要漂亮，所以，杨翠环比杨玉环肯定要漂亮得多。何况杨玉环谁也没有见过，只是古人以他们的审美观来选评美人，但认识杨翠环的人都说她长得漂亮，特别是那双会说话的眼睛，不要说男人见了会忘乎所以，就是女人见了也会失去方向，她的皮肤在太阳下闪闪发光，就如古人说的玉洁冰清，完全胜过古代四大美女。

这女人有时候长得太漂亮也是祸害，特别是对一个从小就失去父亲的女孩子来说，就意味着她的命运多舛。杨翠环八岁时，父亲去世了，留下她和一个弟弟。母亲为了生活，只好带着她的弟弟改嫁了，把杨翠环留在阿奶阿爷身边。可怜的阿奶阿爷也没有能力来养活她，只能让她从小在社会上放任自流，混进了黑社会的圈子里。

其实，杨翠环最初不想轧坏道的，她只是被人骗到了赌场，说她只要每天在赌场里卖卖香烟和香瓜子就能赚到钱，这些钱不但能养活自己，还能养活阿奶和阿爷。天真善良的杨翠环就瞒着家人走进了赌场，她想让阿奶和阿爷过上好日子。可又有人对她说，凭你这张面孔，卖香烟和瓜子太可惜了，不如跟我们走。走？去哪里呢？杨翠环不知道走是什么意思。这时候，有个叫阿大的男人，看上去比杨翠环大个十多岁，告诉她道："跟我走，包你吃香喝辣的。"

那个叫阿大的人陪杨翠环去逛了先施公司和永安公司，当着杨翠环的面拎回来很多高档的衣服和皮包皮鞋，还有一只女式手表。杨翠环就问阿大："我没有看见你付钱呀。"阿大笑笑说："有人代我付了。"并把那个女式小表戴在了杨翠环的手腕上。那时候的杨翠环只有十六岁，也算个花季少女，她经不住阿大的花言巧语，就稀里糊涂地为阿大生下了一个儿子。在她生下儿子后，才知道阿大在老家是有老婆的，而且乡下老婆生了三个儿子。但看着自己的亲生儿子，想到自己的命运和从小就失散的弟弟，她只好咬紧牙关，跟着阿大也豁出去了，成了阿大的小老婆，一个白相人嫂嫂，后来索性为阿大又生了一个儿子。

杨翠环成了白相人嫂嫂，她的腔势要比阿大来得狠，就凭她一张面孔和那双会说话的眼睛，只要她站在什么地方，那帮小兄弟都听她的。每当阿大那帮兄弟们去向人家敲诈勒索时，她就收受好处费。有时候，阿大在公共汽车上偷皮夹子，她就望风，甚至于跑到庙里，趁香客在烧香拜佛不注意时，顺手牵羊把香客的包拎走。有一次，几个白相人在一起，说要去砸一个人的场子，顺便教训一下那些平时不听话的白相人。杨翠环一听，就叫阿大亲自出马，她自己坐镇在家，等那帮兄弟回来，烧汤热酒犒劳兄弟们。而那帮白相人看见杨翠环，个个敬重她，也愿为她肝脑涂地。由于杨翠环长得漂亮，那双会说话的眼睛，迷惑了很多人，也害了很多人，最后也害了她自己。

由于阿大平时对人穷凶极恶，也积下不少冤家。在一次阿大独自回乡下老家看大老婆时，半途中遇到了昔日的冤家。人家一看这次阿大是单枪匹马，就上去寻衅生事。聪明点的人见自己势单力薄，肯定会避开的。可生性逞强好胜的阿大不但不回避，居然出手迎战，最后被冤家打得半死不活，躺在乡下活活痛死。

三

阿大死了，乡下大老婆带着三个儿子来找杨翠环，说阿大生前肯定留下许多金银财宝，叫她全部交出来，否则大家不要活。

杨翠环看着这三个儿子，个个长得像绿豆芽，最大的儿子只比自己的儿子大六岁，却长得皮包骨头，这哪像阿大的儿子呢？分明是瘪三和讨饭人的儿子。杨翠环自己也是做母亲的人了，此时，她身上那份母性的光辉显现出来了，她对大老婆说："阿大是个白相人，所有的钱都是吃光用光，赚来的钱也是在刀尖上拼出来的。再说他还有一帮兄弟在，如果你要钱，我没有，但你如果相信我，就留在这里，我们一起把儿子们养大。”

那大老婆平时一直在农村生活，哪有杨翠环风里浪里见识多？现在见杨翠环说话利索，又拍胸脯说来养活他们母子，也就不吵不闹，在上海借了一间房间住了下来。这间房间也就是在我们弄堂里的一间通前楼。杨翠环带着自己的两个儿子住后楼，大老婆带着三个儿子住前楼，大小老婆生活在一起，倒也相安无事。杨翠环在阿大那帮兄弟关照下也开了家赌场，并让大老婆去坐镇，担任总经理，她自己则是每天晚上去赌场看看，处理一点事情，权当总经理的秘书。

但那帮兄弟看见大老婆叫大嫂的，看见杨翠环就叫师姐，就一叫，就叫出了杨翠环在白相人中的地位和身价，她是白相人中的师姐，再怎么样，杨翠环的白相人嫂嫂身份是改不了的。就为了这个赌场谁做老板，大老婆和杨翠环争了起来，大老婆从小在农村生活，没有见过如此大的场面，但又不肯让位给杨翠环。而杨翠环也知趣，不和大老婆去抢位子，只是每天去看看，处理一些随时发生的事情。这样也好，知趣的杨翠环反而救了自己一命。

不久，上海解放了，政府要镇压一批地痞流氓，改造妓女赌徒，没收赌场的一切财产，那家赌场也就被封闭了。可大老婆不识相，在政府没收时，耍尽无赖，坐在赌场里哭天哭地，破口大骂。那时候的政府人员素质很高的，先是做她的思想工作，看看实在做不通，只能下了一道严令，以扰乱社会治安罪把大老婆逮捕起来，和许多国民党特务和反动分子一起关进了提篮桥监狱。大老婆关进监狱后，天天吵闹，不服政府的教育，政府又把她送到了青东农场，那一送，就送走了大老婆的一条老命。一天夜里她肚子痛，又哭又叫，看管人员以为她又在无理取闹，也不去理睬她。谁知她是急性阑尾炎发作，等送到医院已经阑尾穿孔，一命呜呼，再抢救也没用了。

四

杨翠环接到大老婆去世的消息时，只是从政府人员手里默默接过了死亡通知书，她知道，如果自己再不识相，那自己的下场也可想而知。于是，她听从政府的安排去了一家纺织厂做了一个工人，三班倒，一个礼拜做早班，一个礼拜做中班，一个礼拜做夜班。在家的时候，她要烧饭烧菜给五个儿子吃，还要每天汏五双臭气熏天的袜子，汏被单被头。她每天在前楼晒衣服时，谁也不会想到这个整天忙碌的女人曾经是个白相人嫂嫂。

那三个儿子虽然不是杨翠环亲生，但他们是自己儿子的亲兄弟，杨翠环把他们一个个送进学校，还去当铺当掉自己在做白相人时得来的金戒指、金首饰和名表等高档商品，维持着家里的日常开销。在纺织厂上班时，杨翠环低调做人，不和任何人搭讪，每天带只饭盒子，到了吃饭时间，她就坐在一个角落里细嚼慢咽，吃着家里带来的饭菜。

时间一长，厂里的一个卡车司机看中她了，而且那个男的年龄要比杨翠环小好几岁，但他只知道杨翠环的家里还有几个光榔头，其余一概不知。在他眼睛里，这样漂亮的女人，一个人生活是很不容易的，还要三班制倒班，不累坏美人也要苦死美人，何况还拖着好几个光榔头？于是他怜香惜玉开始靠近杨翠环了。可杨翠环是什么人？她可是在男人圈子里混大的，什么样的男人没有见过？但那个司机不知道杨翠环的出身，只是从同情到欣赏，最后是疯狂地爱上了杨翠环，把她当作心中的女神，每天在她身边转，每天给她带吃的东西，但杨翠环无动于衷，把司机送的东西统统收下，带回家给儿子们吃，平时仍一个人上下班，仍一个人拿着饭盒子坐在角落里吃饭。司机看看杨翠环没有反应，他索性跟着杨翠环来到了阿拉弄堂里，走进了杨翠环的前楼。当他前脚跟进来，后脚跟还在房门口时，只觉得从头顶心倒下来一盆冷水，将他从头到脚淋得像个落汤鸡。

司机浑身淋湿，直打哆嗦。但最令他身体发抖的是，他看见杨翠环身边站着五个光榔头，个个高头大马，穿着短裤衩汗衫背心，身上肌肉发达，横眉竖眼地盯着他。那个他心中的女神此时也像个母夜叉，双臂抱在胸前，脸上发着冷笑：嘿嘿，侬胆子大啊，吃豆腐吃到老娘身上了，还跟踪我，今天不给你点辣火酱吃吃，侬真的当老娘是豆腐做的啊！这最后的一个“啊”字，从杨翠环口中出来，就如一声巨雷，吓得司机屁滚尿流地从楼上逃下来。他做梦也没有想到，这个平时话也没有半句的美人，走路都是低着头，小心谨慎怕踩死蚂蚁的女人，居然会有这副面孔？司机被吓得回到家里发了几天高烧，高烧还没有退光就去开卡车了。可他眼睛里全是杨翠环的影子，坐着是杨翠环，躺着也是杨翠环，满脑子都是杨翠环的影子，卡车不能开了，再开要轧死人了。

单位里就安排司机去车间做了个修检工，专门修杨翠环车间里的机器，可他再看到杨翠环就如中了邪一样，只要看见她就想小便，去了厕所小便又拉不出了。后来，他去厂医务室看病，医生说他这种病是受了刺激，要他把事情经过讲出来，精神上放松就好了。结果，司机把事情原原本本讲出来。这一讲，等于全厂都知道了，特别是领导们都知道杨翠环的底细了，杨翠环呀，她是一个什么人？是个女流氓白相人嫂嫂呀。

这话也就传到了杨翠环的耳中，她听了也不吱声，回家和几个儿子一商量，这下好了，阿拉姆妈怎么能随便给人欺负的？这五个光榔头都已经长大了，最小的儿子也能舞刀弄枪了，用他们的话来说：流氓父母生出流氓儿子。但杨翠环吩咐儿子们道："我们要在不触犯法律的前提下，耍一耍流氓手段。"

好，在姆妈的许可下，五个儿子每人负责一天，轮流去纺织厂门口站着。就这样站着，看着卡车司机上下班。这下卡车司机受不了了，好几次他一看见那些光榔头站在厂门口，伸伸手臂，拉拉身上的肌肉，就吓得把尿拉在了裤子上，于是再也不敢来厂里上班了。但杨翠环理直气壮地安慰自己道："儿子们是来陪我上下班的，我一个弱女子带着五个儿子生活，多么不容易呀……"

五

是的，前楼姆妈在我印象中对她的儿子真是好得来没有话说，她上好夜班回来，总是给他们带来大饼油条，上中班前，一定是坐在房间里为他们织着毛衣，早班回来就生炉子烧菜给他们吃，儿子们正是长个子的时候，前楼姆妈就去血站卖血，用卖血钱为儿子们补营养。如果阿娘不告诉我这些故事，我根本不会相信前楼姆妈是个女流氓出身的人。

其实人性具有坠落的倾向，也有升华的本能。而生活环境提供给人一条路，路的一头牵着人性的坠落，路的那头牵着人性的升华，人们在这条人生之路上行进着，人性的全部都会暴露出来。前楼姆妈给我的感觉就如一头受过伤的老虎，她的内心世界充满了复杂的情感，带着伤痕在这条道上，左右摇摆，但始终都有向上的力量，牵引着她往前走……

后来，杨翠环遇上了改革开放的好日子，她就瞅着个机会，在四川北路上租了一个门面，开了一间棋牌室。她的五个儿子也各自成家立业，结婚生子，只是最小的儿子一直和她生活在一起，当他知道了母亲想开棋牌室的念头后就全力支持，辞掉了工作帮母亲一起料理着这家棋牌室。这家棋牌室在杨翠环的打理下生意兴隆，直到我们住的弄堂房子拆迁了，杨翠坏的棋牌室也只好关掉了。她住到新的小区后,又开了一间棋牌室。不过新的主人已经不是杨翠环了,而是她的儿媳妇凤英。

凤英的名声在小区也是很响亮的，她虽然经营着棋牌室，但她在婆婆杨翠环的指点下，不但经营着棋牌室活动，还义务做善事，关心小区独居老人。当她的棋牌室坐满人时，凤英就会坐在一个角落里，翻开一本电话本，逐一打电话，问李家伯伯最近身体好吗，张家姆妈怎么不来棋牌室玩了？如果听说哪个老人身体不好了，她就会上门去看望，并会送上一些生活用品。她对那些只看麻将不玩牌的老人，到吃点心时，也会奉上一碗馄饨。

所以不管是什么职业,只要从业人员心向善,只要适合大众需要,这个行业永远都会存在的。

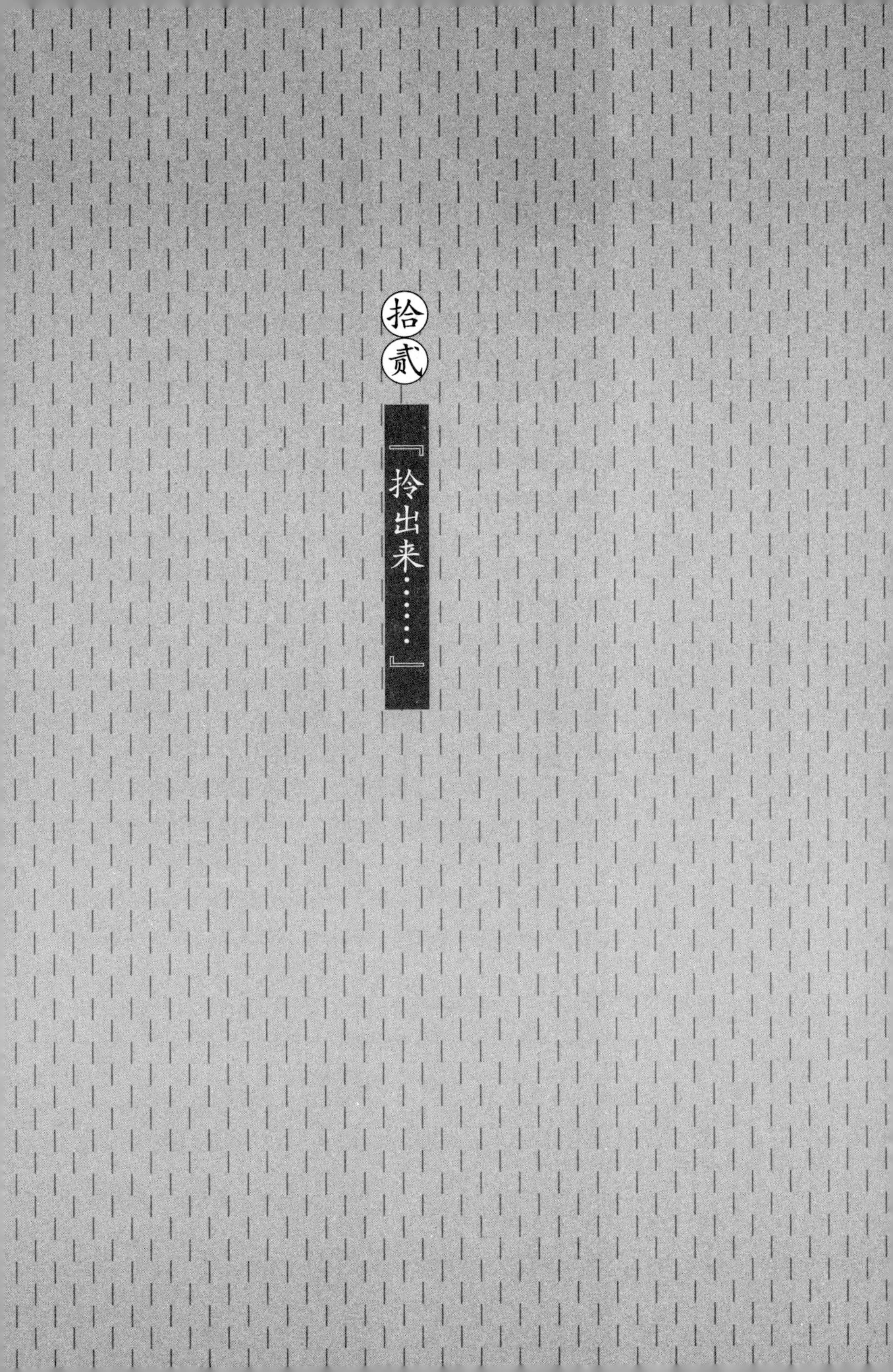

拾贰

『拎出来……』

一

天刚蒙蒙亮，弄堂里就会响起一阵阵清脆的吆喝声：“拎出来……”随之是一阵响亮的铜铃声“丁零零……”，就如金属碰撞着水晶体所发出的悦耳的声音，在空旷的、寂静的清晨里，轻轻唤醒沉睡中的人们。

“拎出来……”的声音对有些人来说就如冲锋号，“滴滴答……”，闻之马上起床，衣服也来不及穿，直冲到马桶间，然后解手方便，“稀里哗拉”的声音此起彼伏。一家大大小小轮流方便后，就由年长者拎着马桶走出了家门，把马桶放在小弄堂口，等着推粪便车的人来倒马桶。

如果这声音是在冬天响起，那就不是金属撞着水晶体发出的声音了，而是一块块冰块相互碰撞着响起的寒冷声音，让躲在被窝里的人闻之不由得浑身打起哆嗦，咬紧牙关起床，拎起马桶，打开后弄堂的小门，迅速把马桶放在一角，然后马上退回家里，缩进温暖的被头里继续睡觉。

“拎出来……”是上海弄堂里每天清晨的一阵清歌，铜铃声是优美的伴奏，无论春夏秋冬，酷暑严寒，那歌声总是在一定的时间内响起，也成为个别上班族的闹钟，听，倒马桶的人都来了，还不快点起床？否则上班要迟到了。所以，这声“拎出来……”有时候对某些人来说是十分亲切的，它毕竟是上海人生活中的一件大事。

但如果说那句“拎出来……”意味着倒马桶，谁还会联想起它的优美和清脆呢？也许会给人一种臭气熏天的感觉，是不登大雅之堂的事情。

二

倒马桶也是上海人的一种职业，从事这一职业的人每天第一个迎来清晨的曙光，在这阵叫声中，人们便开始了一天的生活。

在我还很年幼的时候，睡梦中隐隐听到过这样的声音，声音过后，我的阿娘就会把家里的马桶拎出去，后来拎马桶的是我母亲，再后来是我的姐姐，到最后就是我拎马桶了。轮到我倒马桶时，弄堂里已经有了个倒粪站，在规定的时间开放，我只要在开放的时间内把马桶拎到倒粪站就可以了。再后来家里装上了抽水马桶，我告别了倒马桶的日子，但我总不会忘记弄堂里那阵清脆的声音，还有一张俊俏的脸蛋在我眼前闪过。

在我准备写这篇文章时，这张俊俏的脸蛋渐渐地在我的脑海里化成了一双晶光锃亮的眼睛，这双眼睛就这样看着我，盯着我，就如一个钩子把我的灵魂也勾去了……

她叫小马阿姨，是住在我们弄堂附近的一个倒粪工人，她的一个姐姐就住在我们弄堂里，这两姐妹是双胞胎，姐姐我们叫她为大马阿姨。大小马阿姨都个子小巧玲珑，只是小马阿姨留着齐耳的短发，大马阿姨梳着两根长辫子，她俩说话时带着浓浓的苏北口音，都是淮剧爱好者。所以，小马阿姨在和人家讲话时会把兰花手指跷跷，空闲时还会亮起嗓子唱上几句淮剧，特别是《铡美案》，秦湘莲的唱词在小马阿姨口里，那是唱得要说有多嗲就有多嗲。也就是这样一位兰花手指跷跷的嗲女人，却是每天清晨推着一辆又重又笨又臭的粪车穿梭在上海的弄堂里，叫起那阵清脆响亮的“拎出来……”

而我真正认识小马阿姨，是在中学时的一次寒假活动中，老师把我分配在小马阿姨的倒粪站，跟她倒马桶。

不知是谁出的这个主意？老师在同学中征集寒假活动时，一个为了表示自己思想先进的同学居然提出了去倒粪站体验生活，老师也采纳了这个意见，把我们带到了倒粪站。在站里领导的指定下，我认了小马阿姨做师傅。

想到自己也能在清晨里亮起爽朗的声音叫声“拎出来……”，想到自己也能手摇铜铃，让那清脆的声音伴着晨曦回荡在弄堂里，我不免心里有点激动。和我一起的是另外一个女同学，她叫吕宝宝。吕宝宝的个子比我矮，于是，我就自告奋勇地对她说：“明天你就帮马师傅推粪车，我来倒马桶。”

吕宝宝不屑一顾地对我说：“为啥要你来规定我做啥？”

这时候，我才想起来，这个去倒粪站学习的点子就是吕宝宝提出来的，她是班里的积极分子，又是老师的小密探，谁在上课时做小动作，她都会向老师汇报的。

吕宝宝说完就吩咐起我来了：“明天早上三点起床，三点半我在弄堂口等你，我们一起到马师傅处去报到。”

我也反讥她道：“几点起来要你吩咐？”

吕宝宝就朝我做了个鬼脸道：“谁都知道你是只懒猪猡，一觉困下去就像猪猡一样叫不醒的。”

“啥人是猪猡？我看你才是只臭猪猡。”我和吕宝宝吵了起来。

这时候，小马阿姨就看着我们吵，当我们相互骂对方是猪猡时，小马阿姨就说了句：“吵什么吵？你们生肖都属猪，就是猪猡了。也想得出让学生仔来倒马桶的地方学工，我看你们的老师才是猪猡，真是吃屎的老师。”

我一听就笑了出来，吕宝宝就用眼睛狠狠地盯了我一眼，并用警告我的口气说道：“等会儿我向老师汇报。”

那天晚上，我早早睡了，并吩咐母亲在早上三点叫醒我。睡下时，我好像心事很重，我真的怕自己睡得像只猪猡……可等我醒来，天已经大亮。我揉了揉眼睛，就问母亲道：你为啥不叫醒我？

母亲对着我笑了笑，没有回话。

我却对着母亲跺着双脚道：“我没有参加学校的活动，这叫我怎么在同学们面前抬起头呢？”

这时候，我的父亲却说道：“什么活都能体会，干吗要去体会倒马桶的事呢？”

我就对父亲说“你这是资产阶级思想，你的思想比大粪还要臭。”

母亲也接着说：“平时叫你倒只痰盂罐你都冤枉得不得了，今天却异想天开要去推马桶车了，太阳从西边出来了。”

被父母亲一说，我也发不起火了。第二天，我遇到几个同学，就问他们推马桶车的体会，他们告诉我，那马桶车重得要死，好不容易把马桶车推起来，还东倒西歪，要不是师傅们把车子扶正，说不定马桶车就会翻了。另外一个女同学更是神秘兮兮地对我说道：“吕宝宝见你没有来，她得意啊，以为是表现自己的时候，在倒马桶时，起劲啊，个子又矮，拎了只马桶拼着老命也够不到倒粪的车子，马桶里的水都溅到她的嘴里了。”

啊啊啊！我一听顿时把嘴巴张了老大，半晌没有缓过神来。正在我发呆时，吕宝宝走了过来。说真的，吕宝宝是家里的独生女儿，她的父母在四十多岁时才生下了她，为了体现父母爱女之心，就给她起了这个宝宝的名字。

班里的女同学都羡慕吕宝宝，又恨吕宝宝，在家里父母宠着，在学校里老师宠着，加上她喜欢在老师面前打我们的小报告，所以，听到她吃了马桶里的水，大家有点幸灾乐祸的样子。当她出现在我面前时，就一本正经地教训起我来：“为啥不来参加倒粪活动？”

我说道：“睡过头了。”

“我早就说过，你是只懒猪猡，一觉困下去就不会醒。”吕宝宝骂我道。

我却笑着问她：“听说马桶水溅进你嘴里了，是啥味道？”

吕宝宝回答道：“是咸味道。”

我听了一下子要晕过去，她居然知道大粪水的味道？天呐，我平时一直和她比较我俩谁更受父母宝贝，我俩谁是家里真正的宝宝。

现在我明白了我的父母为啥不让我去参加这个活动了，原来我才是家里真正的宝宝。

后来我才知道，是小马阿姨通知我父母的，叫他们别叫醒我，说一个小姑娘什么都可以学，学什么倒马桶的事，马桶有多臭，她自己是没有办法，没有文化才做了这个工作。

自从有过这场经历后，我对倒粪工人有了一种说不出的感觉，特别是对小马阿姨产生了好奇心，我怎么也不能把她那兰花手指和倒马桶的手联想在一起，更不能相信她那漂亮的扬州口音是叫倒马桶的声音，更会浮想联翩，想着小马阿姨在倒马桶时，马桶里的水会浅出来吗？小马阿姨会去尝这水的味道吗？

三

但小马阿姨每天还是推着马桶车，摇着铜铃，在天蒙蒙亮时，叫着“拎出来……”而每天到了下午，小马阿姨就来我们弄堂，来看她的姐姐大马阿姨。

大马阿姨住在一个客堂间，打开黑色的前门，就把吃饭的桌子放在小弄堂里，于是，这对双胞胎姐妹就坐在小饭桌子前，一个用筷子敲着饭碗，一个用调羹击着饭桌，唱起了淮剧。

每当双胞胎姐妹唱淮剧时，弄堂里的人就会围过来听她们唱戏。小马阿姨见人多了起来，她就跷起兰花指，咿咿呀呀地哼了起来。这哼腔和她那清晨的“拎出来……”有着异曲同工之妙，都有清脆的嗓音和长长的回音。

过了不久，弄堂里造了一个倒粪站，小马阿姨不用每天清晨推着倒粪车了，弄堂里再也听不到她那清脆的带有淮剧腔的叫声了。但大家为小马阿姨感到高兴，倒粪工人的工作待遇有了彻底的改善，他们再也不用在寒冷的冬天里推着沉重的倒粪车，穿梭在每条弄堂了，他们也像机关里的干部一样，穿着干净的衣服，在规定的时间里到各个倒粪站去巡视，在巡视中如果看到有人正拎着马桶来倒粪，小马阿姨肯定会接过人家手里的马桶，帮人家倒马桶。

我就享受过这样的待遇。

虽然小马阿姨是苏北人，但她和我父亲却是好朋友。不要奇怪，也别认为小马阿姨和我父亲有什么关系，他们的关系就都是淮剧爱好者。奇怪吗？我父亲是宁波人，他怎么会喜欢淮剧呢？因为我父亲从小是在北京长大的，他喜欢听京戏，来到上海后，就喜欢上了淮剧。每次双胞胎姐妹在弄堂里唱淮剧时，父亲就会去捧场，这样一来二往，他们就成了朋友。

因为我是小马阿姨朋友的女儿，所以她在我要去倒粪站学工时就偷偷叫我父母别让我来倒粪站；也知道我拎着马桶穿过弄堂去倒粪站倒粪，她就站在弄堂的中间，帮我接过手中的马桶，拎着马桶走到倒粪站。有时候，小马阿姨还会用倒粪站里的水帮我把马桶也洗干净。所以，小马阿姨虽然是个倒粪的工人，但在我心目中，她是个长得非常美丽的女人，有着一副清脆的嗓子，每次听到她在唱淮剧时，就会把她当作扮演柯湘的杨春霞，而杨春霞在当时可算得上一流的美女，特别是她的柯湘头曾风靡一时。

对了，小马阿姨的发型就是柯湘头，不对了，应该说是柯湘模仿了小马阿姨的发型。因为听小马阿姨说过，自己也喜欢像姐姐一样留长发的，但自己是个倒粪工人，每天要洗澡洗头发，所以就剪了短头发，留成了齐耳的头发，后来就被叫做柯湘头了。

四

随着岁月的流逝，倒粪站也逐渐地关闭了，各家各户都装上了抽水马桶。于是，弄堂里会不时地响起抽粪车子的声音，那车子开进弄堂时，小马阿姨就会从车子里跳下来，她手里拿着一个钩子，走到粪便坑前，用钩子勾起粪坑盖头，然后把抽粪的管子放进坑里，等粪抽好了，就用脚一踩，把盖头踩回原处盖好。那抽粪的声音十分刺耳，“呜呜……”，惹得弄堂里的野猫也乱叫起来。

但有趣的是，我们隔壁的一个小孩子特别喜欢看抽粪的车子，每当弄堂里响起抽粪的声音时，他就吵着要去看。后来，在他长大一点时，我们问他将来喜欢做什么工作，他就一本正经回答道：“将来我就做抽粪这个工作，多简单的工作呀，只要用钩子一勾，然后再用脚一踩，这个工作就完成了。”

也真是的，倒粪工人的编制后来成了事业编制，是属于环卫局的，收入也高。听说现在很多大学生毕业后都想去环卫局工作呢。当小马阿姨退休后，她的退休工资比我们弄堂里的人都高，就连阿八头阿爸这个八级技工，退休后的工资都没有小马阿姨多呢。

退休后的小马阿姨正式成为淮剧演员，她和大马阿姨经常去横浜桥工人俱乐部那里演出，每逢演出，我就会跟着父母去看戏。小马阿姨在台上演，我在台下看，她演过《天要落雨娘要嫁人》里的母亲、《芦荡火种》里的阿庆嫂、《秦湘莲》里的秦湘莲，特别是

《赵五娘》里，小马阿姨的唱功唱得人人都落眼泪，那句赵五娘的“来了……”，就如我儿时在梦中听到的“拎出来……”一样清脆、委婉，只是那美妙的声音已化成了舞台上鲜亮的舞姿和婀娜的台步，她那纤纤的兰花手指如一朵荷花盛开，歌唱着生命中的清歌，证明自己的人生价值。

她的赵五娘扮相，那双明亮的眼睛在舞台的灯光下闪闪发亮，那眼睛的光亮和她的年龄根本不相配，但她的眼睛就如一把钩子深深地勾住了我，她那清脆的嗓音如天籁之音，让我震撼。事过几十年后，当我撰写《上海十八行》时，我就定下了标题，我要让小马阿姨在我的文章中重新活一遍，让她的嗓音再一次响起：

拎出来……

拾叁 收旧货的人

「收旧货」

一

如果有人把收旧货当作一种职业的话，那这个人在平时的生活中会是什么样子的呢？

反正旧货这两个字眼让人望而生畏，给人一种生活上潦倒的感觉，家里东西堆得乱七八糟的，再以收旧货为职业，那么这个人的身上肯定是臭哄哄或是霉气十足的。

我们弄堂里就经常有一位收旧货的人光顾，他身上背着一个帆布包，就是那种印有上海大厦图样的旅行包，通常出门的人是拎着包的拎襻，而那个收旧货的人却在那个包的拎襻边上缝了两根长长的搭襻，可以穿过手臂，双肩一背，又省力又神气。看来这只帆布包也是当着旧货收来的。

他具体叫什么名字没有人知道，不过，弄堂里的人不管是当着他的面还是在背地里，都叫他“收旧货的人”。那人是每逢星期天的下午，不管刮风还是下雨，都风雨无阻按时来收旧货，特别是到了春节前一个星期，他是天天光顾弄堂里来收旧货的。说起旧货，人们通常就会想到那些旧衣服或是旧的家具，但他什么东西都收，特别是我们弄堂里的孔先生死了后，那些小人书都是他收去的，包括那个像排门板一样的书架。可以这样说，除了死人他不收外，什么都收。

二

在我知道这个收旧货的人时，我已经上学读书了，他给我的印象就是一个老头子，一天到晚戴着一顶半新不旧的帽子，一张古铜色的面孔，一年四季穿着一件黑的香云衫，特别是在夏季时，那件衣服上汗迹斑斑，黑色的衣服上全是一块块白的汗渍。他好像一年四季不洗澡的，浑身上下散发着一股怪味道，特别是他站在我家门口，抖动着父母亲大扫除时清理出来的一些旧衣服时，我就站在他身边，随着他手的抖动，一股股怪味道就钻进我的鼻子里。但我又不能躲避他，因为父亲吩咐我要看住这个收旧货的人，怕他在我们不注意时，顺手牵羊把些东西塞进那个帆布包里。

于是，我只好忍着，看着他。看得时间长了，他就会扭过头来对我说："看什么看？小姑娘老是看男人，小心看出毛病来。"

我听了觉得好奇，看人会看出毛病来？但我那时还是一个黄毛丫头，有些话不是很明白，但越是不明白的事就越放在心上了，特别是他那句话：看人会看出毛病来。于是，我开始关注人了，用我那双小小的眼睛关注着身边的一切，特别是那个收旧货的人来了，不管他到了哪家，我都会去看他，看他收人家的衣服、书籍、旧家具或是铜的茶壶、铁的锅子，再就是红木的椅子和桌子，我还看见他收了弄堂一户人家用象牙嵌出来各种图案的红木床，那床就像一个戏台，四面都是木柱子，每根柱子上都雕刻着童男童女，还有梅兰竹菊，那木柱子根根红得发亮，还有一丝丝像天上的云彩一样的木纹在太阳下发光。收旧货的人拿来一碗水，将水滴在木头上，那滴水沾在木头上，就如一粒珍珠一动也不动。那时候，我们都在看，就像在看西洋镜一样，包括那家卖红木床的人家。

放到现在来说，那张床就是明清时的红木，是小叶紫檀，啊，小叶紫檀，那是论克来计价的，一张这么大、这么重的小叶紫檀床简直就是天价了。可那时，没有人会想到，包括收旧货的人，还有卖家。因为这张床是一位老太，也是我们叫地主婆的那个小脚老太婆睡的，她在几个月前被那帮红卫兵斗，受不了凌辱几次想跳楼自杀，结果人没有跳死，却跳坏了脊梁骨，落了残疾。于是，地主婆整天睡在床上，不吃不喝。红卫兵来抄家，把地主婆家值钱的东西都抄走了，准备抄这张床时，掀起被子看见床中间一堆屎，认为“晦气”，就捏住鼻子把这张床留给了地主婆，说给她当棺材困。

现在地主婆死了，家里的人也认为这张床已经失去了使用的价值，就当着旧货卖了。我亲眼看着那个收旧货的人用一只收来的铜面盆交给了地主婆家的人，然后，就用一把榔头，将床稀里哗啦拆开，再用几根稻草绳，将拆开来的木头、木柱子捆绑在一起，背在肩上走出了弄堂。

三

但我心里在想着收旧货的人的那句话：“小姑娘看男人会看出毛病的。”当我再一次看着他在收我们楼里的花脸外婆（花脸外婆的故事，请看拙著《上海十八相》）一件老虎皮衣服时，我发觉这是一件男人穿的衣服，这下我奇怪了，花脸外婆身边没有男人的，她怎么会有男人的衣服呢？还是老虎皮的？就在我看着收旧货的人将收来衣服的口袋摸来摸去时，我就问他了：“花脸外婆没有男人的，她怎么会有男人的衣服呢？”

收旧货的人看了看我，说道：“小姑娘戆来，她现在没男人，并不代表她没有男人过。”

我又听不懂了，就如他对我说的那句“小姑娘看男人会看出毛病来”的一样。但收旧货的人十分友好地送给了我一本小人书，一本也是他收旧货收来的《朝阳沟》，他对我说：小姑娘少管闲事，多看书，多动脑子，要做个朝阳沟里的有知识有文化的女青年。

自从他送给我小人书后，我就开始对他产生了好感，也不觉得他身上那股怪味道了，特别是我大哥带我去了虬江路旧货市场后，在那里看到他摆着一个摊头，看到那个摊头上布满了琳琅满目的货物后，我完全忘记了平时对他的一些偏见。

大哥是无线电爱好者，从小就喜欢摆弄无线电，还装配出了一台收音机。为了要配齐无线电的零件，大哥利用业余时间去虬江路旧货市场寻找自己需要的配件。我和大哥年龄相差一轮，在大哥二十岁时，我才八岁，在我心目中，大哥就是一个大人了，所以他做什么事情我都会站在他边上看，有时候还做他一个小帮手。当然，他去虬江路淘旧货，我就是跟屁虫了，却没有想到在那里看到了收旧货的人，也知道了他的名字，那里的人都叫他阿四。

阿四看见我们兄妹俩光顾了他的摊头，那股热心劲就别说了，硬把我们拉进他的摊位里，随便我大哥翻他收来的电子器件，而我却被眼前一台崭新的收音机吸引了，爬上货架就要打开收音机。阿四却叫了起来：“小心小心。”一边提醒着，一边对我大哥说起了这台收音机的来路，他说是一个老客户用这台收音机换了他收来的一张红木床。

我一听是红木床，就想起了那个地主婆睡过的床，也就是那张小叶紫檀的床。我们都说阿四老会做生意的，用一张拆得四分五裂的木头床，换了一台会说会唱的收音机，还是当时名气老响的“红灯牌”。阿四还神秘兮兮地对我大哥说：“如果啥人要结婚，买收音机就叫他们来我这里，你帮我推销出去了，你要的电子配件，只要我这里有，随便你拿，免费送给你。”

经他这样说，我就来劲了，何况我大哥已经会修无线电了，也经常帮同事和邻居还有父母亲的同事们修无线电，有人要结婚，也会向我大哥咨询买啥无线电好，每当这时，我就会想起阿四货架上的那台无线电，心想大哥应该把这台无线电推销出去，我们就可以免费拿阿四摊头上的电子配件了。可大哥没有向人推销，过了一段时间，大哥在征得父母亲同意后，拿了家里一只锡壶去了阿四的摊头，再拿出他工作后省下来的零用钱，换来了那台收音机。在交换时，阿四的脸上露出了一副十分委屈的样子，说自己吃亏了，是自己用一只铜面盆换来一张床，再用那张床换来了一台收音机，现在这台收音机却被一只锡壶换走了，吃亏吃了老大了。但我大哥对他说：木头有啥用？一把火就可以烧掉。阿四却说：金银铜铁锡，我是铜变锡了。

话虽如此说，我大哥却把那台无线电拿回家后全部拆开，用他专业爱好者的水平，对那台“红灯牌”无线电进行了研究，并用他的小聪明，将红灯牌壳子留作自己结婚时用，再将里面的电子原件配给了要修无线电的人。经我大哥修过的无线电，没有一台需要重新修的，也就是说，大哥给人家换上的全是正宗的电子配件。

四

也因为大哥的原因，我和阿四交上了朋友，放在今天来说就是忘年交了。在他那里，我知道了大红酸枝、小叶紫檀、和田老玉、非洲象牙、缅甸翡翠等老货，也知道了劳力士手表有镶金和镶钻的区别，还有各种邮票，如果收到一枚大清时代的龙票，那就发财了。我还知道了阿四在收旧货时，其实就是在觅宝。有一次他收进了一件旧衣服，而且是当事人作为垃圾要扔掉的，阿四就花了一分钱将它收了回来。一回到家，他就摸口袋，这一摸就摸出黄金来了，只见口袋里有一只银洋头，是袁世凯登基时铸造的。在当时那个年代，一只袁大头就是三元钱，也就是说阿四用一分钱换成了三元钱。我就问他为什么不把钱还给人家呢？

阿四看着我说道："小姑娘就是戆，我好去还吗？一还就讲不清了，这件衣服是他家里的老祖宗穿过的，老祖宗在口袋里放过什么东西啥人会晓得？晓得了也早就拿过藏好了，如果我将袁大头还给人家，那就讲不清了，人家就认为那个口袋里不止是一只袁大头，还会有金戒指和金表。这人的欲望是无休止的。只有装戆，装什么事都没有发生过。"

不过，阿四也有良心发现的时候，那就是在收花脸外婆那件老虎皮衣服时，他在口袋里摸到了一根大前门香烟，就当场还给了花脸外婆，说这是花脸外婆的老公在穿衣服时留在口袋里的。为此，花脸外婆一直夸奖收旧货的人做生意规矩，并把家里的老式台钟和坏了的银酒壶全部送给了他。

在那个年代，收旧货的人起了市场经济的调剂作用，所以当时旧货店也都叫着生活用品调剂店的，最有名的就是“淮国旧”，这家店现在还开着，只是从淮海路搬到了隔壁的一条小马路上。还有那条著名的虬江路，仍旧在卖旧的电子产品，但阿四已经不在虬江路上摆摊头了，他搬到东台路的文物街上做起了古玩生意。每次我去看他时，他总会说起那张用一只铜面盆换来的小叶紫檀床，又是怎样给一只锡壶换走了“红灯牌”收音机，每次说起这件事，阿四的脸上总是哭笑不得，我好几次想告诉他，那只无线电后来怎样被我阿哥拆得四分五裂,但我一直没有说出来,我怕他听了会更加伤心。

五

自从第一次看到阿四那张古铜色的脸后，岁月已经走过了几十个年头,他的那张脸却一点也没有改变,仿佛时间在他的脸上停滞了,唯一的改变是他的身上已经没有了汗臭味,他的衣着打扮焕然一新,一件雪白的老布手纺短袖衫，纽扣是手工盘出来的葡萄纽，一条人造棉的黑色裤子，一双黑色的方口布鞋，右手攥着一对老核桃不停地盘着。生意空闲时，他就用一只电热锅烧小菜吃，再咪几口老酒，一副活神仙的样子。每次我路过东台路，都会去看他，有时候看着他摊头上的那些宝贝，不免心动，想买点什么，但阿四总会叫我“心好死了”，说道：买啥买？都是骗人的东西。

后来，我去了日本，他送给我一块雕有观音菩萨的翡翠，说是他当年从一个还俗的尼姑手里收来的，他对我说：愿观音菩萨保佑你，但千万别送人。当我接过这块翡翠时，就爱不释手，那块翡翠在太阳下有一朵朵绿得发翠的云絮，于是我问他是不是真货？阿四答：我什么时候有假货过？

“那我要买你东西时，你不是说都是骗人的吗？”

“你要买我东西，我怎么开价？开得低了，你以为是不值钱的东西，开得高了，我也于心不忍，毕竟我是看着你长大的，我们也是忘年之交，嘿嘿……”

现在想想阿四的话很有道理，但我还是将这块翡翠送人了，送给了一位在我去日本时曾帮助过我的人。那人生病住医院了，说有生命危险，于是我就去看他，并将那块观音菩萨放在了他的枕头下，希望菩萨保佑他。后来他活过来了，那块翡翠也归他所有了，但我一直想着那块翡翠，那块通透发绿的翡翠，现在想起来，我也只有哭的份了，所以从日本回来后，我再也没有去看过阿四，我怕他伤心，更怕自己想起那块雕有观音菩萨的翡翠，会让我欲哭无泪。

岁月就这样漫不经心地过去了，我以为再也看不到阿四了，在我八岁认识他时，阿四已经是个老头了，那么经过四十多年的岁月后，他还活着吗？可奇迹出现了，当我知道东台路即将要拆迁后，作为一种对往事的回忆，我再次光顾了东台路。我又看见了阿四，看见了他的摊头，他仍干着他的老本行，在收购着左右邻摊头搬迁摊位时扔掉的废物，这一次我才发觉阿四那张古铜色的脸变老了，他在看我时，脸上露出了迷惘的神态，他见我第一句话就是：你还活着？

我说我活着。

他说，你活着为什么不来看我？嫌我是个收旧货的人还是你发财了？

我无言，因为在阿四面前我一点也不用伪装，我们是知根知底的忘年之交，也是他教会了我生活中很多的事情……

东台路拆迁后没有几天，阿四也去世了，他留下了很多东西，有值钱的古玩，也有一文不值的赝品。但我知道，在阿四收旧货的生涯中，最令他难忘的就是那张小叶紫檀床。

其实，我们的生活就是在得到和失去中品尝着其中的酸甜苦辣，也只有在拥有和失去后，才知道生活的价值。而在那个收旧货的阿四身上，我更知道了任何东西都有其存在的价值，哪怕是貌不惊人的废物，在不同人的手中，就有不同的价值。

拾肆 梳头娘姨的今昔

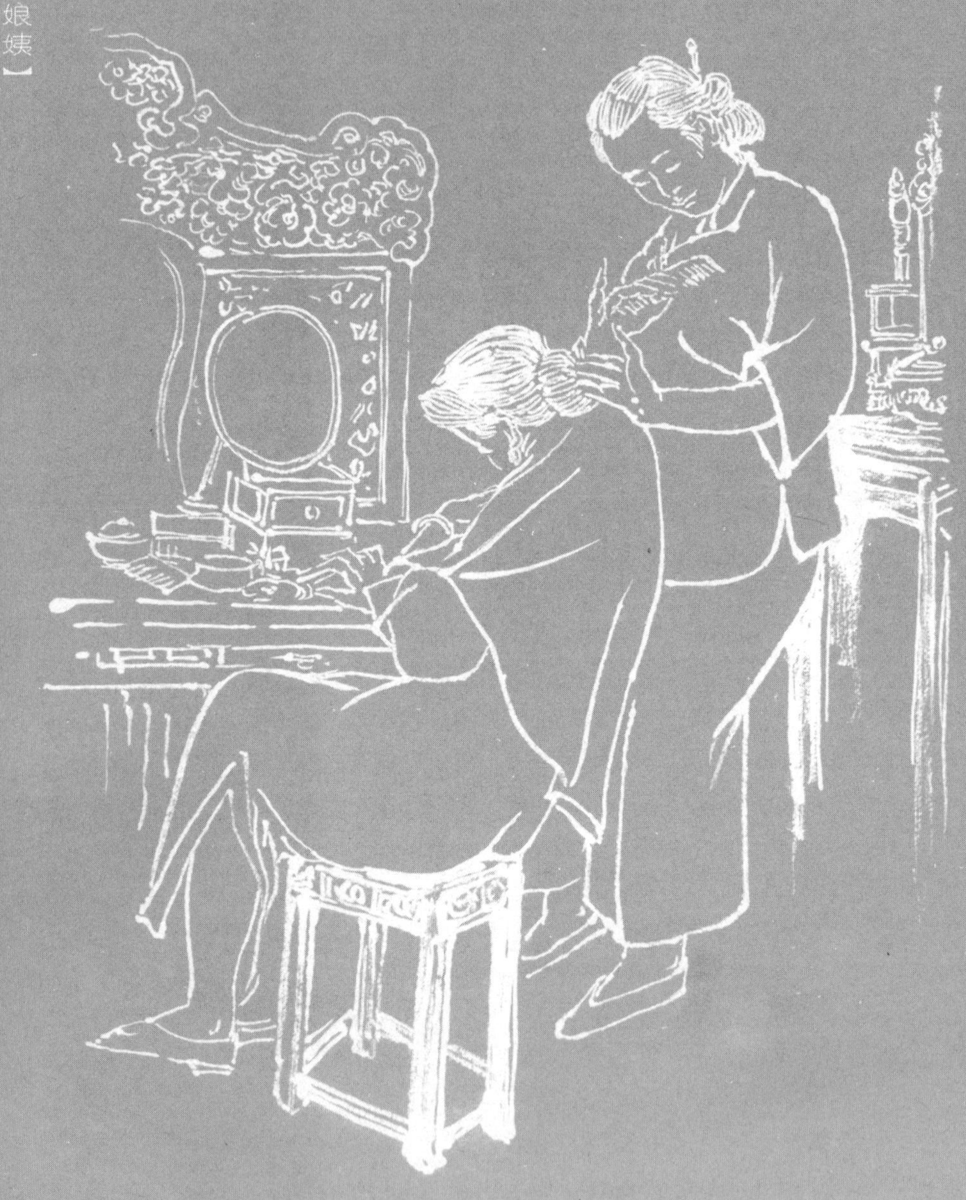

【梳头娘姨】

一

这里讲的梳头娘姨是很早之前对一种女佣的称呼，她们以为他人梳头为工作，挣点钱维持生活所需。只是干这种活的一般都是中年妇女，她们服务的对象也都是女眷们，这些太太和小姐们以江浙一带人居多，也讲客气和礼貌，对这些常年为自己的形象服务的女佣们就冠以“娘姨”的称呼，这样听上去总比叫梳头女佣要好听和亲切得多了。

过去的很多行当，都是以男性为主，只有做梳头娘姨，在同样以女性为多的行当中，算是一个比较受人尊重的行业了。这些梳头娘姨个个长得干净灵巧，嘴也能说会道，眼能鉴貌辨色，心灵善揣人意。这些本事是梳头娘姨们必备的，因为她们就是靠自己的客户对自己满意，然后再为其介绍客户，这样她们的手头上就会积累更多的客户，客户一多，收入也就多了。

梳头娘姨大多数是走家穿户的，也有个别人家要举办大事，叫梳头娘姨来为女眷们梳妆打扮。这些梳头娘姨如果单靠梳头挣来的铜钿也是微薄得很，但按小费来说，那就有一笔不小的收入了，如果一只脑袋瓜再生得聪明伶俐点，卖点凝刨花给客户，或是推销一把好的篦子梳子，那梳头娘姨的生活还是过得去的，但这绝对是一个看似容易实际却非常不易的行当。

二

我同学的祖母曾是个梳头娘姨出身的人，在我认识她时，老阿奶已经是七老八十的人了，但她五官端正，举止优雅，一张白白胖胖的脸上没有一块老年斑。老阿奶曾经告诉过我她做梳头姨娘的故事，说的是她在初做梳头娘姨时，经同乡介绍，去一户在四川北路上开了糟坊的人家为老太太梳头。

这家人家姓李，老太太也就是李老太太了。李老太太上了年纪，手臂不能伸张，于是，就经人介绍，请年轻时的阿奶去梳头。阿奶那时候跟着同乡进了李家，李老太太就坐在自己的梳妆台前，她对阿奶说："我要先汏头。"

阿奶就明白了，她拿出梳妆用的提篮，把事先准备好的刨花水用温开水泡着，然后用一把篦子为李老太太梳头。阿奶用篦子在刨花水中浸一浸，再将浸过刨花水的篦子为老太太梳头，这就叫"汏头"。于是，一边汏头，李老太太就一边和阿奶说着话："侬今朝给我汏头的刨花水是用啥东西一起泡过的？"

阿奶一听李老太太这样问，就知道老太太平时对梳头是很有讲究的，于是，阿奶就回答道："我用慈禧太后一直用的那种刨花水为老太太洗头呢。"

阿奶说出这句话，心里想，老太太听了自己说是用慈禧太后用的那种刨花水为她梳头，肯定会非常高兴的。却没有想到，老太太打开了话匣子，滔滔不绝地和阿奶讲了起来：

慈禧太后她用的不是单单的刨花水，她是用榧子、核桃仁、侧柏叶一同捣烂了，泡在雪水里和凝刨花水兑着用。据说，慈禧太后是油性头发，每天早上起床，枕头上全是掉的头发。她专门请了太医看病，于是御医专门为慈禧太后配了抿头的方子。这方子用的是薄荷、香白芷、藿香叶、当归等中药。慈禧太后一直按照这个药方子让小李子为她梳头。结果，慈禧太后到了七十多岁时，她的头发还像黑色的天鹅绒一样漂亮。

阿奶一听，心里顿时"别"的一跳，她想会不会这个李老太太也要自己对她的头发像慈禧太后一样服侍吗？就在阿奶暗暗思忖时，李老太太突然说了一句话："娘姨，侬帮我去小屋的一个抽屉里取把小剪刀好吗？"

阿奶就按照吩咐进了小屋，打开一个小柜，拉出抽屉，找到了李老太太说的剪刀。在阿奶打开抽屉时，她看到了抽屉里堆着很多零星的小钞和一些金银首饰。阿奶一看到此景，就在心里发笑，她知道这是李老太太在测试自己的手脚是否干净，是否会小偷小摸；同时她也知道了李老太太想通过这些方法来观察阿奶的人品，因为她需要一个梳头娘姨经常来为她梳头，否则家里请了个小偷，那日子就不太平了。

当阿奶把剪刀递给李老太太时，老太太就说："侬等我一下，我去小屋小个便。"

阿奶知道老太太去看抽屉里少了什么东西没有。过了片刻，老太太满脸笑容走了出来，她一边束裤子，一边对阿奶说："侬来帮个忙，我手不好，束裤子也难束。”

等阿奶帮她束好裤子后，李老太太就对阿奶说：“侬为人很好，以后侬就一个星期来三次帮我梳头。”

三

后来，阿奶成了李家固定的梳头娘姨，老太太视阿奶为心腹之人，把家里的任何事情都讲给阿奶听。阿奶由此知道了老太太和自己儿媳妇平时关系不好，也知道了李家将要讨个孙媳妇了，并知道这个孙媳妇是个宁波小娘，自从娘胎生出来时，就裹了只蓝胞，小名就叫蓝胞。李老太太也讲了自己当初嫁进李家时，李家只是一户平常人家，老公做生意做一样亏一样，是她进了李家门后，老公才生意做得像模像样，李家人也视她为旺夫女人。但李老太太说，那是娘家为她备了十里红妆，风光嫁进李家，老公拿了她的嫁妆，才胆子大起来，做好了生意的。

过了不久，那个叫做蓝胞的孙媳妇要进李家门了。阿奶的梳头活儿也从一个星期三次，变成了一个星期六次。李家的媳妇经李老太太的介绍，也叫阿奶帮她梳头。这一来，阿奶生意好了，但烦恼事情也多了。帮李老太太梳头时，李老太太就讲自己媳妇的不好，说她死要漂亮，特别喜欢穿旗袍，为了要穿出旗袍的风韵，每天早上是不吃早饭的，有时候，嘴巴实在没有味道，就啃几根酱萝卜干，反正李家开的是糟坊，酱菜有得是。但一个女人，身体极瘦，瘦得屁股也没有了，像啥样子呢？俗话说：女人屁股大是旺夫命。

当阿奶帮李家太太梳头时，李太太也有说不完的话，说自己做了十八年媳妇，总算熬出了头。想当初自己在婆婆手中做媳妇，要说多难就有多难，就是坐在一起吃顿饭，自己下筷子也不能挑放得远的菜，婆婆和公公没有动过的菜，自己是绝对不能早动的。但说到将要过门的媳妇，这个叫做蓝胞的宁波小娘，李太太就兴奋起来，说蓝胞从小裹了一张蓝色的胎衣生出来的，按照老法人的说法，裹了蓝色胎胞的小姑娘命都好，如果是放在清朝，她就是皇后娘娘的命。不过李家也不输那些有钱大户人家，自己的儿子长得又帅又聪明，蓝胞嫁给李家，真是前辈烧了高香。还说蓝胞无论穿什么衣服都好看，完全可以去应聘阴士丹林蓝布的形象代言人。她还说，将来蓝胞进门了，自己一定会善待自己的媳妇，不会像老太太那样苛刻媳妇的。

阿奶每逢这个时候，她就听，不说一句话。等她们都讲完了，阿奶就挑她们最喜欢听的好话——恭维她们。说实话，阿奶两面都不敢得罪，得罪了任何一方，对自己都没有好处。

后来，那个叫做蓝胞的孙媳妇进门了。进门那天，阿奶一直为李家门的女眷梳头，最后还为新娘子蓝胞梳头。当阿奶看见蓝胞时，她真的相信了李家太太们的话，新娘子就如下凡的仙女，长得十分标志。这个标志放在现在来说就是完美，完美得没有话可说了。于是，阿奶看见新人，也就送了个红包给蓝胞，她说了一句话："新娘子，今天是你的大喜之日，我能为你梳头，真是三生有幸，红包虽少，见谅。"

阿奶没有想到，自己刚说完这句话，蓝胞就从怀里掏出了一根金条塞给了阿奶，她对阿奶说："今天大家都是喜庆，你帮我梳好头就可以了。"

阿奶看着手头这根金条顿时傻了眼，这根金条足足有一两重，应该属于大黄鱼了。就在阿奶发呆时，蓝胞就对阿奶笑了笑道："我在上海有七大姑八大姨，以后我会帮你介绍生意的。"

阿奶听了眼泪汪汪起来，她是激动的，她真的碰到了皇后娘娘。于是，阿奶对梳头这个行当进行了研究，她发明了在梳头时，先帮客户按摩头皮，再敲肩、挖耳朵，让那些爱美的太太们在感受美的同时也享受到了身体上的舒适。再后来，阿奶根据慈禧太后梳头用的配方，也在自己的刨花水里浸上了薄荷、香白芷、藿香叶、当归等中药。当然她梳头的价格也上去了，但对讲究养生和爱美的女眷们来说，这些钱不算什么。

后来，蓝胞还真的为阿奶介绍了一份梳头的活儿。蓝胞的一位姨妈非常喜欢听京戏，还认了几位唱京戏的年轻人做了自己的干儿子和干女儿。阿奶就为这些唱京戏的旦角去梳头。说是梳头，其实阿奶是为他们供应刨花水的，因为好的凝刨花水用热水浸泡，便会渗出黏稠的液体来，将此液体灌入刨花缸，用小毛刷蘸取搽在头发上，顷刻，刨花水光可鉴人，又便于梳理定型，且能散发出淡淡芬芳，还具有润发乌发之功效，乃是一种名副其实的天然绿色美发用品。所以，京剧的花旦在登台之前要化装，脸颊两边的鬓角贴片还非用凝刨花不可，也就用阿奶供应的凝刨花水了。

四

后来，上海解放了，许多行走于民间的艺人和匠人都归于合作社或是服务站了。阿奶年龄也大了，就在街道办的服务站里做了一个普通的女理发师。说是理发师，也罪过啊，阿奶不会理发，只会梳头。于是，弄堂里的那些上了年纪的老人会继续叫阿奶帮她们梳头。

过去是阿奶提了个竹篮子上门为女眷们服务，现在是那些女眷们来服务站找阿奶梳头，阿奶也成为一个受广大群众欢迎的服务员了。

阿奶给我们讲这个故事时，她的目的是要告诉我们，梳头娘姨这个行当随着解放和社会的进步，没有人再会去做了。但阿奶做梦或是在阴间里也不会想到，当年她的梳头娘姨这份活在近几年又兴起了。

这是阿奶去世后的很多年了，她的孙女，我的同学生了一个女儿，这个女儿叫小美。小美平时读书不怎么上心，就对自己的头发每天梳什么发型特别感兴趣，一天到晚对着镜子横照竖照，今天把头发梳个羊角辫子，明天把自己头发梳成盘头。有时候还抓着我们，要帮我们梳头。每当这个时候，我就会对同学说："小美遗传了阿奶梳头的基因。"但我那同学一听，自己女儿也是当梳头娘姨的料时，就整天担心，于是帮小美请来家教，希望她好好读书，将来找一份好工作。可小美就是读不好书，喜欢研究各种发型，特别是看古装电视剧时，她就会对女演员头上的发型着迷，还会按自己的记忆，把各种发型描绘下来，再在自己头上钻研。

也许小美是继承了阿奶的遗传基因，也许是这个时代为小美创造了机会，小美凭着自己的爱好和钻研，后来考取了电影制片厂的一份工作，专门为演员梳头打扮。她梳头的本事并不差于自己的老阿太，更何况现在梳头的工具和用品也琳琅满目，什么夹子、啫喱水、卷发器。但不管怎样，只要认真钻研一行工作，都是会有出息的。

后来，电影制片厂的效益不是很好，小美就辞去了这份工作，自己开了家婚庆公司，请了电影制片厂的那些演员来做婚礼主持人，她自己专门为新娘造型梳头发外带化妆。这个婚庆公司因为有电影制片厂的演员参与，生意十分好，特别是到了国定节日，小美都忙不过来。于是，她就带了几个徒弟，教会她们化妆和梳头。俗话说：“噱头噱头”，人的卖相就靠一只头。

当然，从事为新娘梳头或是打扮这份工作的人也是女性为多，只是再也没有人叫她们为梳头娘姨了。但这个工作在过去的上海滩上曾经流行过，也存在过。凡是受人欢迎的行当，也永远不会消失，只是随着时代的需要进行更替和改进罢了。

拾伍

一个司售家庭的变迁

【卖票员】

一

在我面临毕业分配时，我父亲对我说过这样一句话：“去做个电车卖票员蛮好的，又不用学徒，又能免费坐汽车，而且满上海可以兜圈子，这种工作勿要太好啊。”

是的，在我们那个时候，电车卖票员是老吃香的工作，可以穿漂亮的工作服上班，还可以认识很多人，但我没有这份福气去做这个工作，这份福气却让我的同学“大眼睛”享受到了。不过大眼睛也很讲义气，只要看到我们坐上她的车子就不用我们买票，有时候跟她出去坐车子，随便坐几路，她只要说一声“场里的”，所有的卖票员们都不会要我们买票子的。这不是我们要贪小便宜，就几分钱的票子，有时候从上行线坐到下行线也只不过是一角三分人民币，是封顶价了，主要是大眼睛是个卖票员，还是我们的同学，我们在她的身上分享这份职业的优越感。

但大眼睛并没有感觉到自己的工作优越在哪里，每次和我们一起玩时总是唉声叹气，说这份工作太累，一边卖票，一边要看上下车子的人，一边还要开关车门，开关了不好，就要被乘客骂。一会儿乘客的脚被车门轧牢了，还有的人是用月票的，明明知道那人是用假的月票，又不敢讲，但不讲心里又憋着难过。最难过的是看到车子上有小偷要偷乘客的皮夹子，自己扯开喉咙叫：“朝里走，不要挤在一起。”其实这是在向大家“豁翎子”，意思是车子上有小偷了，要注意身边那些“勿三勿四的人”。可有的乘客还不领情，说她声音老大的，吵死了，人家刚下了夜班想在车子上打瞌睡，却被侬这个卖票员的声音哇啦哇啦地吵醒。还有的乘客上了车索性就站在卖票员边上，装出一副“老刮三”的样子，像模像样地帮乘客递钞票到卖票员手上，好像自己已经买过票了。

说到这里，就将贺友直先生《画画说说上海老行当》里关于电车卖票员的一段文字介绍给大家：“上海电车卖票的本领，在全国是顶尖的。……有上的，有下的。眼睛顾着下的，手里卖给上的，一心二用，绝不弄错。上一站上车的，还有几个没有买票，闷声勿响，他打招呼：‘买票啊，勿买，查着罚啊。’车到东新桥，几个人抢着下车，他拦着一个：‘票？’‘……’‘呒么？买。’随手撕下一叠最高值的票。逃票的服服帖帖掏钱受罚。他不只是记住谁买谁没买，还能记住谁到哪个站，谁买几铜的票，只可乘到哪个站，一般能在将要到站前提醒乘客。高峰时，车厢被挤得密不通风，那么多的头粘在一团，他认出一只面孔：‘大家当心袋袋啊。’扒手上车了，他不好指明，但会打招呼。他不仅管卖票，肚皮里还装着这条路线经过的地理图：有几条横马路，哪几条大的马路，哪几条小的马路，有几条有名的弄堂，有几爿名店商行……”

二

不过大眼睛的阿爸是弄堂里的“老克勒”，他告诉我们在清光绪三十年（1904 年）正月，由上海公共租界工部局招标，开办公共有轨电车事业，当时的英商布鲁斯·庇波尔公司（Bruce Peeble Co）得标。翌年，工部局与该公司签订专营合约。在光绪三十二年二月，该公司将专营权转让给英商上海电气建设有限公司，由公司成立电车部经营，称英商上海电车公司（简称英电）。

光绪三十四年二月初三，即公历1908年3月5日，电车开始营运。同年四月初七即公历5月8日，法商电车电灯公司在法租界内开办有轨电车。电车开通的那天，南京路上闹猛啊，上海滩上几个大亨，如人称“阿德哥”的虞洽卿、牛头朱葆三、五金大王叶澄衷等人都满脸春风地坐在电车上，和路人频频招手，这一情形，就如现在的明星做广告一样，以这些大人物的现身说法，让上海市民接受电车这一新生事物，取而代之过去的马车和黄包车。

喔哟，电车这个行当在那么多年前就有了，卖票员也是属于在外国人公司做的，就如现在的外企，待遇非常好。所以在当时，能在电车公司上班是一份非常光彩的工作。就是放在我们那个时代，这份工作也是不错的，公交公司是属于事业编制，很多从部队里退伍回来的人不是去公安局就是去公交公司，都带有“公”字，是属于吃公家饭的行当，而公家饭就是铁饭碗，人人求之不得呢。

但大眼睛老是哭丧着脸，说自己真讨厌这份工作。一件刚结好的毛衣，袖子口被卖票的台子擦得墨黑。我们就对她说，把里面的棉毛衫袖口翻出来，包在绒线衫袖口上，再不行做一副袖套套在衣服袖子上不就行了？可大眼睛还是说讨厌，说一只卖票的帆布包不知道什么时候总会塞进几只油煎馒头或是几只生梨，有时候还有电影票。

这下，我们听了就眼睛瞪了老大的，这是属于什么情况呢？卖票怎么会卖出油煎馒头和电影票呢？大眼睛告诉我们：她同事的电车上小偷老多的，居然有个小偷偷了一个外地人。这个外地人口袋里带了一叠十块头的钞票，而这些钞票是这个外地人把家里养的几只猪猡卖了，再问亲戚借了点钱，凑满五十元带着妻子来上海看毛病的。可没有想到，他们刚坐上一辆电车，就发现口袋里的钱没有了。于是，那个丈夫马上跟电车卖票员说，自己的钱被小偷偷了，他说上车时好像发觉有人在他身边挤来挤去，他估计这个小偷还在车上，要求司机把车子开到公安局去。

这个外地人曾经当过兵，是属于开过眼界的，他甚至扯开嗓子对整个车厢里的人讲：“同志们，请大家协助一下，我妻子肚皮里生了一只肉瘤，是到上海来开刀的，我的这些钱也是我们一家人的血汗钱，如今被小偷偷了，我妻子看病的钱也就没有了。听说上海的工人阶级觉悟最高，最讲阶级性，大家陪我一起去公安局，到了公安局，小偷捉牢了，那我也会好好谢大家的。”他说完，整个车厢就热闹起来，有的说：啥人介缺德，偷人家看毛病的钱？也有人叫道：阿拉上班迟到要扣全勤奖的。但大多数人同意去公安局，只要车子到了公安局，让警察来搜大家的口袋，谁的袋子里有这叠十元钱，谁就是小偷了。

结果，那辆电车开到公安局后，车门打开，每个人排着队从前车门下来，车门口候着一男一女两警察，男警察负责搜男乘客，女警察负责搜女乘客，结果一圈搜下来，没有发觉这叠钱，也就是说车子上没有小偷。可那个外地人振振有词说道：“我肯定那小偷没有下车。”既然被偷者这样说，那再搜。搜谁？车子上仅存的还没有被搜的人就是司机和卖票员了。于是，司机下车，卖票员也下车，司机是男的，就由男的警员搜，卖票员是女的，也就由女警员搜。当女警员搜卖票员身上的衣服时，也没有发现有钞票。于是，就叫卖票员把那个帆布包里的钱倒出来，让那个外地人看清楚，证明确实没有他的钱。可没有想到，当卖票员把帆布包往地上一倒时，只见一叠十块头的钞票从她的帆布包里滚了出来。一车子的人都惊奇地睁大着眼睛叫了起来：“钞票钞票……”

那个卖票员也算是老卖票了，见过各种各样的人，可看见这叠钞票从自己的帆布包里滚出来，顿时面色发青，马上就叫了起来：“我不是小偷，我一直在卖票位子上站着，只是听到钱被偷了，我才挤到乘客前去调查情况的。”

但这叠钱是怎么会进这个帆布包里的呢？好在那个外地人也为卖票员打圆场了，他说，钱肯定是小偷自己知道被发觉了，所以偷偷叫把钱放进了卖票员的帆布包里。虽然这笔钱是物归原主了，但这个小偷的伎俩非常高超，知道自己到了公安局，一旦搜身，肯定成事不足败事有余，所以，趁卖票员不注意时，就把这叠钱放进了她的帆布包里。

三

听了大眼睛的话，我们几个女同学觉得不可思议：人家小偷是偷了钱，怕公安局搜出来才这样做的，谁会偷了油煎馒头和生梨要放进大眼睛的帆布包里？还有电影票？但大眼睛说这种现象已经不是一次两次了。

为了帮大眼睛弄清事情的来龙去脉，我就和几个女同学轮流去跟她的车，观察情况。但也没有发现什么情况，后来，这件事情还是大眼睛自己发现了。

原来是和她一辆车子上的驾驶员，他叫大李。大李的个子长得高高的，人也老实，他比大眼睛大五岁，自从大眼睛上了这辆车子成为一位卖票员后，大李就喜欢上了大眼睛，一直关注大眼睛的一举一动。他发现大眼睛喜欢吃油煎馒头，就在食堂里买油煎馒头，用牛皮纸把馒头包好，趁大眼睛没有发觉时偷偷放进她卖票的帆布包里。大李知道小姑娘怕发胖，他就在大眼睛的包里放只生梨，因为生梨是会刮油水的。有时候，他们的车子路过电影院时，他从驾驶员位子上那块反光镜中，看到大眼睛对着电影院的海报发呆，他就下了班去电影院买来两张票子，一张塞进了大眼睛的包里，一张自己拿着。

大李拿了电影票，早早等在电影院的一个角落里，看大眼睛什么时候出现，如果大眼睛出现了，他就会佯装自己也有这场电影票，于是，陪大眼睛看电影。可他哪里知道，大眼睛不是一般的小姑娘，她不会对一些莫名其妙的事情产生兴趣的。

但大李经过几次失败后，他就公开对大眼睛进行了表达。毕竟大眼睛对大李还是有好感的，也是每天上班相处久了，大眼睛就和大李谈起了朋友。

四

当大眼睛和大李公开了恋情后，大眼睛的工作也有了调动，她去学开车子了。这是大眼睛自己向汽车场里的领导请求的，大眼睛是个要强的人，她认为自己的男朋友会开汽车，那么自己就不能输给他。可最初场里领导不同意她去开汽车，因为开好一辆公共汽车是一件非常不容易的事情，我们可以想象一个小姑娘要驾驭一辆又大又笨重的汽车，那是一件多么难的事情，何况，那时候，女人开车子也是很少的。但大眼睛坚决要去学开车。她认为，开车子也是一门本事，就算以后公交公司倒闭了，但她有了这门本事，就不怕没有饭吃。

大眼睛会开公共汽车了，她碰到我们就用一种非常自豪的口气告诉我们："我有驾照了。"

就在大眼睛有了驾照后，大眼睛就嫁给了大李，我们都参加了这场婚礼。结婚几年后，在大眼睛执有驾照的那个时代，上海的公共汽车拥堵现象就如一听过了保质期的沙丁鱼罐头，又闷又臭。就在这个时候，上海出现了一个叫"康华公司"的公共交通公司，为上海的交通开辟了几条线路。于是，大眼睛就跳槽了，去康华公司开一辆专门从五角场开往十六铺码头的车子。这条线路，当时在上海滩属于黄金高峰线，每天人流量爆棚，同样，司机的收入也很高。大眼睛只开了几个月，她的收入就远远超过了大李。这下好了，大李本来觉得自己在公交公司做司机是一件老有面子的事，现在却输给了自己的妻子，于是，他索性辞去了公交公司的工作，在大眼睛的支持下，他们买了一辆捷达轿车，自己开起了出租汽车。

于是，大眼睛继续在康华公司开公交汽车，大李开出租汽车，夫妻俩虽然仍干着老本行，但随着改革开放，从计划经济到市场经济，这对曾经的司售员夫妻早早就走向市场，先把自己的经济搞活了。后来，公交公司也进行了改革，大批卖票员下岗的下岗，买断工龄的买断工龄。这时候，大眼睛才发觉自己当时的决策真英明。这人啊，一旦一步路走对了就步步对，大眼睛和大李又瞄准了马云的阿里巴巴公司，认为将来的互联网发展起来是件不得了的事。

于是，夫妻俩商量决定，大眼睛辞去了康华公司的驾驶员工作，大李卖掉了那辆捷达轿车，再拿出家里的积蓄，买了一辆金杯面包车，他们开了一家快递公司，专门从浦东机场接货，再送往市区各地。后来，快递业务越来越兴旺，一辆金杯轿车已经不够跑业务的需要了。他们索性买了几辆大卡车，聘请了自己过去的那些老同事来做驾驶员，把快递生意做得红红火火。

故事讲到这里，谁也没有想到我们的老同学大眼睛真的眼睛大，她早早地瞄准了上海的经济市场，走在了时代的前列，看准了市场发展的需要，把握了自己的命运。

其实，不管是什么行业，都如古人所说：行行出状元。

拾陆

『荐头店』和那些中介公司

一

小时候，听我阿娘说过这样一个故事：阿娘有一个堂房兄弟，我们叫舅公的，他在“荐头店”找了一个老婆，这个老婆也是宁波女人。这个女人因为在老家的丈夫得了一种怪病死了，留下一个还在自己肚子里的遗腹子，就挺着一个大肚子来到了上海，找到一家“荐头店”，想在那里找一份能养活自己和肚子里孩子的工作。但那时候女人找份工作是很难的，更别说是一个怀着孩子的寡妇了，于是，她就每天坐在“荐头店”里，等着有人来找她，给她一份活干。

那天，正在外国人船上做水手的舅公，坐着轮船从宁波来到了上海，他是去看我阿娘的，正巧路过了那家“荐头店”，无意中，他看到了一个女人挺着一个大肚子坐在店里，于是，出于同情心，他就上去问了几句话，这一问就听出了对方也是宁波口音，并知道了她的身世，舅公因为怜香惜玉和对老乡的关照，就问她：“你愿意跟我走吗？我还没有讨老婆。”

就这样，舅公有了老婆，我们也就有了舅婆。后来，舅婆把肚子里的孩子生出来，还是一个男孩子，舅公视他为己出，并给他取了一个非常好听的名字叫阿毛。阿娘在讲这个故事时操着一口浓浓的宁波话，她讲的是“荐头店”，我听上去却是“剪头店”，以至于自己每次路过剪头店时，总要好奇地往里望一望，幻想着当年舅公路过那家剪头店时的情景，想象着舅婆腋下挎着一个布包，挺着一个大肚子默默地跟在舅公身后走出剪头店时的感觉，我想，舅婆当时的心里肯定是很感动的，此时的舅公在她的眼里就如一个大恩人，她日后对舅公也是百般爱慕，甚至是爱屋及乌，对我们都亲如家人。

后来，在看了一本小说《三辈儿》后，才知道了当时的社会有一种帮人介绍工作的店叫“荐头店”，这种“荐头店”一般以介绍帮佣和打杂工为主，然后按照推荐的工种拿点介绍费，放在现在来说，就是中介公司了。

二

一说到中介公司，那要讲的故事就多了，什么房产中介、工作中介、婚姻中介、理财中介等，凡是能赚钱的活儿和这社会上需要的事，都离不开中介公司。这么多中介公司，最受人欢迎和讨厌的也就是房产中介和工作中介了，其中工作中介也叫家政公司的，就如旧时的“荐头店”。

那我就先来讲讲我在“荐头店”找了个保姆的事情吧。

那时候，我父亲病倒了，已经被医生发出了好几张病危通知书。虽然父亲的生命即将走到尽头，但作为子女，仍是希望父亲能多活一天是一天。每天住在医院里的父亲，除了医院里请的护工外，还需要一个保姆来照顾。于是，我就去中介公司找保姆了。

在这之前，我们是有保姆的，她是一个绍兴人，个子高高的，我们都叫她长脚阿姨。长脚阿姨为人很勤快，脑子也聪明，有时候，她看见我的同事来我家打麻将，就倒水递茶，我的同事就会给她一点小费。但长脚阿姨太聪明了，在我父亲突然倒下时，在我们每天守护在父亲的病床前时，她突然提出了辞职。长脚阿姨早不辞职，晚不辞职，就在拿好工资后的当天，就在父亲病倒的一个星期后，她说不干了。

既然长脚阿姨说不干了，强扭的瓜也不会甜，我们也不留她了。长脚阿姨走了，她走的时候，还把自己的行李都打开来叫我们检查，看有没有拿了家里的东西。我母亲是个吃素念佛的阿弥陀佛，哪会去翻长脚阿姨的行李呢？等长脚阿姨走了几天，这才发觉父亲戴在手上的一只祖传金戒指没有了，不但少了金戒指，还发现父亲几件衣服也不翼而飞。当发觉家里少东西了，我顿时神经也紧张起来，立马想到长脚阿姨，她的嫌疑最大。可长脚阿姨已经走了，东西也没有了，按母亲的话来说：偷也偷了，再找她回来也没有意思了。但愿这些东西能换回父亲的生命。

家里还是需要保姆的，于是，托了几个朋友找了好几个保姆，但一听是要照顾一位瘫在床上的病人，都不愿来我家。于是，我就去中介找保姆了。

这次我吸取了几次找保姆的经验，专找年龄大一点、长相难看点、看上去老实点的。我走进附近一家介绍保姆的“荐头店”，只见店里坐着黑压压的一片人，一帮来自农村的妇女们唧唧喳喳，有的在结毛衣，有的用绒线在勾拖鞋，有的手拿瓜子在不停地嗑瓜子。当我走进去时，这帮人立马朝我围过来，问长问短。这时，我看见一个年龄较大的妇女，她坐在角落里，不说一句话，只是用她呆呆的眼神望着我。于是，我就用手对她一指道：“你出来。”

那个妇女走到了我面前，我对她说：“七百元一个月，包吃包住。”

她二话没说就点头答应了。但边上的人却叫了起来：“阿赵，你问都不问是干什么的，就稀里糊涂答应了？万一是叫你照顾瘫在床上的病人呢？这七百元就少了，那你就倒霉了。”

那个被叫做阿赵的人，这时才想到了什么，就问我道：“七百元是做什么的？”

我就对她说：“你什么都不要做，就白天去医院帮着护工照顾一下我父亲，上八个小时的班。”

阿赵听了，好像有点没有理解我的意思。这时，“荐头店”的老板出来讲话了，他是一个中年男人，口音带有浓浓的苏北腔：“好来，你在这块儿已经待了好长时间了，没有一个东家愿意要你的，现在这个小姐看中你去她家做生活，你还要挑三挑四的，这里的位子都不够坐了。”

阿赵听了，眼睛里有点水汪汪的东西。我一看也心软了，就对她说：“跟我走吧，我不会亏待你的。”

说完这句话，我脑子里顿时出现了舅公在“荐头店”的情景，我想象着阿赵也会腋下挎着一个布包跟着我走出这家“荐头店”的。但阿赵没有挎着一个布包，她是拖着一个滑轮箱，一个少了一只滑轮的箱子。在走出“荐头店”时，我付给了那个中年男人五十元钱，算是介绍费。说到这里先解释一下，这是发生在二十年前的事，那时的五十元钱可以去菜场买一篮子菜回来吃一天的。

当时的阿赵跟着我回到了家，我为了让阿赵死心塌地去照顾我父亲，一到家就把自己从日本带回来的一只拉杆箱送给了她，并请她去理发店洗了个头，把头发修了修，再在皮鞋店里给她买了双鞋，我就如以往对长脚阿姨一样对她。我想人心都是肉做的，希望能用我的真诚换取她对我父亲的好。

特别是我母亲，看见阿赵就拉着她的手对她说："辛苦你了，我老头子就靠你来照顾了，我们子女白天要上班，晚上他们下班了就会来代你的哦。"母亲说这些话时，她的眼泪水也流下来了。母亲一生好强，也慈悲，但从来不求人，可为了父亲，为了我们一家人，我们都把希望寄托在阿赵的身上。

阿赵也没有辜负我们的希望，她兢兢业业，每天准时去医院看护我父亲，有时候见我们上下班回来换她时，也总是很客气地叫我们在病房的走廊里休息一会儿再来换她。她回到我们家里后就找些事干，还陪母亲聊天。只是这样的日子不长，在阿赵照顾父亲不到一个月后，父亲走了……

我们希望阿赵留下来，留在我们家，陪母亲聊聊天，或是就住在我们家都可以，我甚至都为她找了几份钟点工的活儿来让她多挣点钱，因为母亲说阿赵是个老实人，如果找不到一个好的东家是会吃亏的。但阿赵还是走了，她仍旧回到了那家"荐头店"，坐在人群中等着有人来找她。再后来，我去那家店找过阿赵，老板说她回乡下去了，说她的丈夫也病了，她要回去照顾自己老公了。

三

但那个老板好像要和我交朋友了，他交给我一张名片，我低头一看他姓张，就叫他张老板了，出于礼尚往来，我也把自己的手机号码告诉了他。没有想到，过了一年，这个姓张的“荐头店”老板给我来了一只电话，他在电话里用普通话对我说：“董小姐，我现在开了个房产中介公司，你有房源吗？可以在我这里挂牌，对了，是免费挂牌。”

我一听，一时还丈二和尚摸不着头脑，当他告诉我就是那个“荐头店”张老板时，我这才想起来，于是我对他说：“你讲普通话我一时想不起来了，不过，我只有一套房子，我挂牌了，那我住什么地方呀？”

张老板就用他的苏北上海话对我说道：“勿好意思啊，吾现在公司里请的都是‘歪地宁’（外地人），吾讲的苏北话，他们是听勿懂的，为了公司的形象，吾只好讲普通话了。不过，董小姐，吾知道侬有套房子的，叫侬挂牌并勿是叫侬卖房子，格意思侬晓得哦？”

我还是不明白，但我也讲义气，就同意将自己的房子给他挂牌。可过了没几天，又有一家中介公司打我电话，说有个买房的看中了我的房子要来看看。我还以为是张老板公司的，可那人在电话里说是什么什么公司，和张老板完全不搭界的。这下我有点糊涂了，我的房子是在张老板那里挂牌的，怎么跑到别处去挂牌了呢？于是，我就打电话去找张老板了。

他在电话里对我说：“喔哟喂，董小姐，侬的房子还是在吾这里挂着呢，吾们这个行业里是有规矩的，只要有房源大家是共享的，至于卖不卖，那是东家的事，侬只要说不卖就是了。”

我一听，知道这些中介公司都是在淘糨糊，于是，就对张老板说：“我不挂牌了，给我撤了。”

虽然我的房子不挂牌了，但我的手机老是莫名其妙接到各种房产中介公司的来电：“你好，我是小李，你有需要卖出的房子吗？”

“我只有一套房子，不卖。”我回答道。

“那你考虑买一套吗？”那个自称小李的人又问。

“我没有钱。”我有点不耐烦了。

“你有孩子吗？你可以用孩子的公积金购房的。”小李又说。

“……”我把电话挂断。

四

再后来，我家里台式电话也不断有中介公司打来：“董阿姨你好，我是小王……”因为是台式电话，我想有可能是什么朋友打来的，但听听声音是讲普通话的，于是我很礼貌地回答道：“小王你好。”“董阿姨，我向你推荐位于南站的一套三房一厅……”啊，我一听又是中介公司，就问他：“我家里的电话号码你们是怎么得来的？”

“董阿姨，这是商务机密。不过董阿姨你有时间的话，请听我向你介绍一下房子。”

“我没有钱买房子。”还没有等小王把话讲完，我就把电话挂了。

这下好了，那个电话就不断地打进来，我丈夫受不了，就拎起电话对他说：“你们烦不烦？”

这下那个姓王的就抓住了机会在电话里对他说：“叔叔，现在是买房的机会，请你听我小王向你介绍，如果南站这个地段不理想，我们可以向你推荐漕宝路古美路那里的房子……”

就在我丈夫接着家里的电话时，我的手机也响了，我想有可能是谁要找我，而家里的电话占线就打我手机了，于是我接了电话：“你好，女士，我是小陆，现在有一套住房，房东急卖，价格很便宜……”我一听忙把电话挂了，但那个电话号码马上又在来电显示中跳出来，我就不接，它就不停地出现。当它再出现时，我丈夫接了电话，随后他就对着电话骂道：“吃饱饭了，啥人叫要买房子了？叫自己爷娘去买房子。”说完他就把电话挂了，丈夫想，他用上海闲话骂小陆他肯定是听勿懂的。

没有想到，那个小陆的电话又打过来了，这次是我接的，只听到电话里小陆也骂道：“死老太婆、死老头子，穷鬼，买不起房子的臭上海人。”

后来，我知道可以用手机将这些电话号码拉入黑名单的，于是，只要一听是中介的电话，我就将他们拉黑，这样总算让我清静了许多。

但不知道手机拉黑的名单是有限制的，随着黑名单的增多，前面拉黑的名单又复活了，这些该死的电话又打进来，我一听对方是个小姑娘的声音：“叔叔，你好，我是小芳，不好意思，打扰你几分钟，我这里有一套房子……”

我不等小芳把话讲完就对她说：“我不是叔叔，我是阿姨。”

“阿姨你好，我是小糜，不好意思，打扰你几分钟，我这里有一套房子……”我一听，怎么换了一个男的声音了？但人家在电话里非常有礼貌，于是，我就听他讲，听着听着，我突然脑子里闪过一个念头：这房产中介好像是在用美人计和攻心计，如果这电话是我丈夫接的，那么这个自称小芳的姑娘就会和我丈夫讲，但一听是女的接电话，于是换了个叫小糜的男性来对付我了。这样一想，我不免对这些工作在中介公司的员工产生了几分好感，不管怎么样，这些人也是为了生存才在中介公司工作。既然是中介公司，那么就是指在不同事物或同一事物内部对立两极之间，居中起联系作用的环节。对立的两极通过中介联成一体，中介也可以帮助人们找到自己需要的东西。所以，这个过程也是一种营销手段，而一位优秀的营销员就是不断地向客户推销自己的产品。

最后我用一个朋友在微信朋友圈上的一段话来结束这篇文章：

刚刚接了个电话：是房产中介的，问我买不买房子，不买还会涨。我说已经买了。对方沉默了几秒又说：那你房子卖不卖？现在房价那么高，再不卖就卖不到这个价了。我感觉不说实话不行了，就对他说：其实我很穷，既没房也买不起房。他沉默了几秒又说道：明天有个楼盘开盘，晚上带上椅子来排队，给你三百元一天，干不干？我被他深深感动了，这才是真正的营销，不管客人啥情况，总有一款适合你。

拾柒

跑街先生

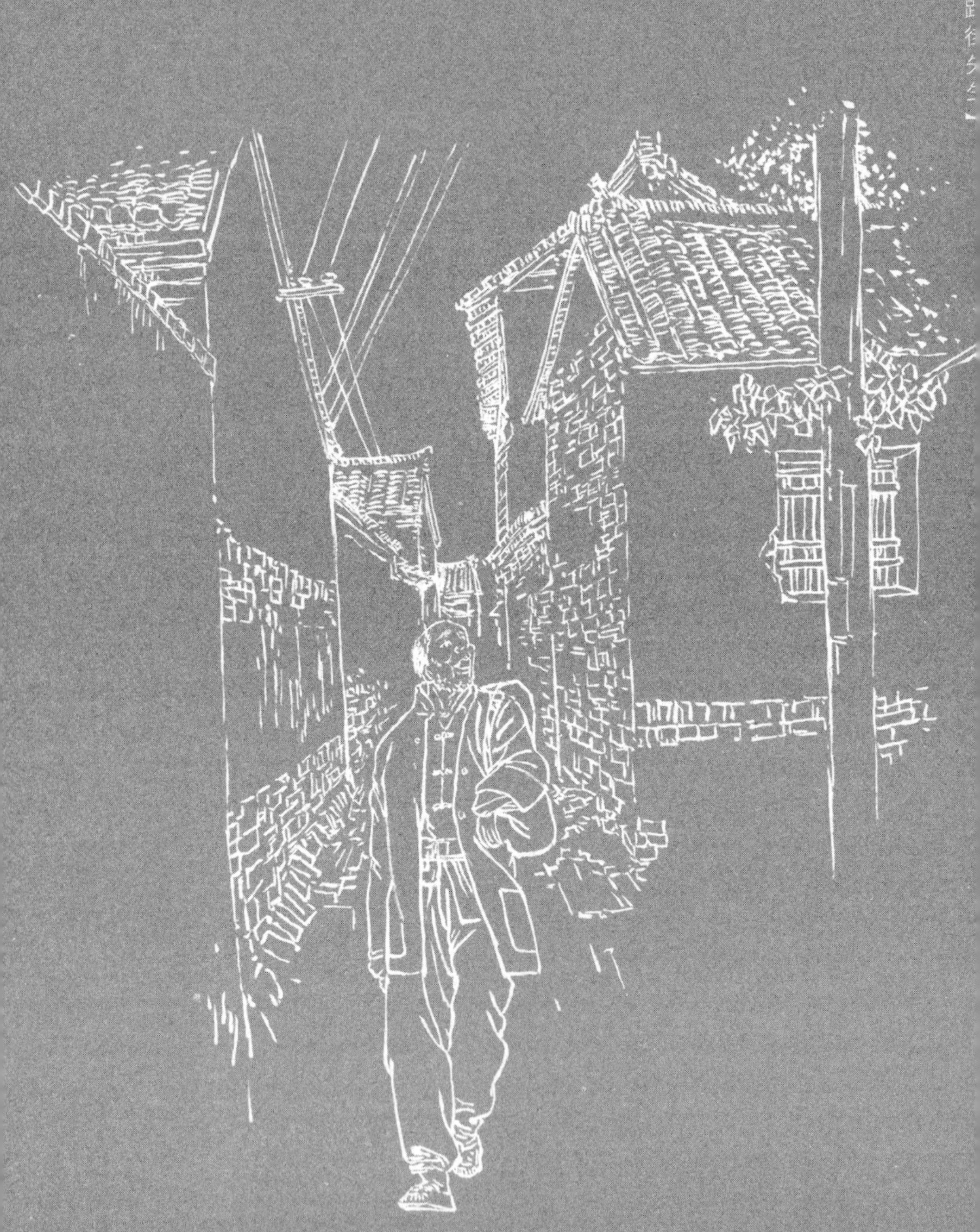

一

说起跑街先生，很多人不一定知道，但只要一说起那些拎着皮包，手里拿着手机，一边走一边在不停打电话，甚至坐在地铁里也在谈合同、推销产品的人，大家就会不由得“哦”一声，原来是业务销售员啊。是的，我说的跑街先生就是我们现在的销售员，也就是那些经常上门推销产品的推销员，大到保险业务员，小到推销肥皂洗洁精等，他们都属于一个部门，就叫销售部。

但在很多年前，干这一类活的人就叫跑街先生。在上海滩上几位赫赫有名的企业家中，不乏有跑街先生起步，成为上海滩一代枭雄的。如人称阿德哥的虞洽卿，他十四岁来上海学徒，从一个小小的学徒做到后来的跑街先生，也正是当跑街先生锻炼了他的魄力，让他洞察了当时的社会商机，使他成为上海滩上数一数二的人物。其实做跑街先生是男人们进入社会锻炼生存能力的一份职业，何况在那个时代，也不是所有的人都能当跑街先生的，只有那些胆大心细、有经营意识的人，才能担当跑街先生这个职务。

虞洽卿在跑街生涯中，与形形色色的人打交道，培养了他善于察言观色，八面玲珑的本事，并让他开拓了眼界，学到了很多东西，比如他利用业余时间到青年会馆学习英语，学了就要用，于是，他在做跑街先生时，经常和外国人打交道，还到城隍庙附近为外国人做导游，借以练习英语会话。就这样，在他做跑街先生的几年时间里，他很快掌握了英语交谈，也为他日后成为上海滩大亨打下了基础。

但最让老上海人津津乐道的是虞洽卿在做跑街先生时，从德国人的鲁麟洋行处得知一个消息，有一批德国产的油漆在海上航行时，不慎渗进了海水，外包装全部损坏。对于做事十分严谨的德国人来说，这批油漆只能处理掉了。

当时虞洽卿一听，他的精明的生意头脑和当跑街先生多年的历练，让他的脑袋瓜立刻转动起来。他去仓库看了这批货，整桶的油漆整齐地码在仓库里，虽然油漆外包装全部被海水浸泡得斑斑驳驳，但桶里的油漆却完好无损，质量有保证，只要换个包装就行了。况且他从洋行大班那里知道，这批油漆的价格比市场上的批发价要便宜一半多，也就是说只要能拿出一半的本钱，就能赚回百分之五十的利润。虞洽卿听了浑身热血沸腾，做生意能赚百分之五十的利润，这是多么大的利润空间呀？也就是这一笔生意，让虞洽卿在商场上淘到了第一桶金，也为他日后在上海滩成为商业领袖打下基础。

二

所以，我们不能小看那些跑街先生，更不能小看现在街上那些拎着皮包、穿着西装、手里拿着智能手机的跑街先生。但当今的跑街先生都有一个非常好听的名字，叫某某销售部经理，不管是谁，只要拿出名片，那名片上就写着经理，好像上海滩上的经理就如路上随便捡到一块砖头一样到处都是。但有些人就嗜好这个头衔，喜欢到处发名片，遇见任何一个人，只要你在他面前驻足，他立马就会向你介绍他的产品。

有一次，我去四平路上看我的闺蜜小雅，小雅住在一个高档小区，进出的门都是用电子卡刷的，还分前门和后门及一个边门。前门有保卫守门，后门也有门卫。我听小雅说边门进来最方便，但边门也是刷电子卡的，只有有人出来时，我才好跟进去。

那天，我走到了那个边门，正好看见一个男士从边门出来，当我要挤进边门时，门却关上了。我就向那个男士笑笑，这一笑就笑出故事来了，那男士竟然是我的一位远房表弟阿二，阿二的父亲和我的父亲是表兄弟，在他读中学时，父亲去世了，我们也就少了走动。今天在此与阿二相逢，也就显得格外亲热。我上下打量着阿二，好多年没有见，他显然身体发福，乍一看，还真没有认出他来呢。阿二一见我，就从兜里掏出了一张名片，自我介绍起来："阿姐，你也住在这小区？是几号？我现在是做这个的。"说着他用手指了指名片上的头衔。我低头一看，原来是做某保健产品的，立马我的脑子里就闪出一个传销的字眼。就在我那传销的字眼还没有完全叠现出来时，阿二就问我道："我哪能没有在小区看到你呢？再过几天，我家里有个派对，就是介绍这个保健品的功能，你有空就来听听，也算阿姐来捧我的场。"

"哦，你也在做这个？不过我不住在这个小区的。"我很礼貌地回答了阿二。

"我住在这小区长远了，小区里的朋友们都在用我们的产品，我现在是去回访别的小区的客户。对了，阿姐方便的话，我们可以加微信，在保健方面你可以咨询我的。不过你有空一定要来参加讲座，也叫上姐夫一起来听，大家身体健康第一嘛。"阿二说着，就拿出了手机道，"扫一扫二维码。"

我就不好意思地说道："我没有微信。"

“现在是什么社会了？不会玩微信？我看你不像。你把手机拿出来给我看看，只要是智能手机，都可以上网玩微信的。有了微信，大家交流沟通就方便多了。我每天在朋友圈里发保健品的用途和作用的……”

阿二就站在我面前，滔滔不绝地介绍着自己，同时在介绍他的产品。我望着阿二，觉得他有点陌生。其实阿二的年纪已经不轻了，帮他算算也该五十岁出头了，他讲话时，不断地掺进几句普通话，让我听了有点不伦不类。不过阿二穿得很克勒的样子，一件奶黄色的羊毛西装，一条淡紫红色的西裤，一头花白的头发梳得精光锃亮，说话时几次从口袋里掏出一个小瓶子，这个小瓶子里有点液体，他捏着瓶子上的一个喷头，对准喉咙口喷几下。这些动作对我来说看得太多了，要不是他一身干净的衣服，要不是他是我的表弟，我真怀疑他是外来人员，为了生存，不得已才做这个行当的。

就在我打量他时，他却对我笑了：“我知道你在想啥，告诉你，自从我阿爸死了后，你们就看不起我们了，嫌我们家穷。可穷人也有翻身的时候，我们住的棚户房子拆迁了，不但分了房还拿了钱，现在有房就等于有钱。不过还是要感谢政府，让我们穷人翻身，我就拿了动迁的钱在四平路上又买了一间房子，是旧房子，都是石库门人家。当时，那保健品刚刚从美国来上海，我就在弄堂里对一个邻居一介绍功能，大家就相信了，然后一传十、十传百，我生意好得来勿要讲了。不过，现在这个小区住的人档次也高。我看你穿得山青水绿，一看就是保养得老好的，是姐夫买了啥保健品给你吃？如果吃我们的产品，肯定还要年轻十岁。”

我站在阿二面前，简直无言了，按我的性格和脾气，我是拗不过这个面子的，何况他是我的表弟，我应该掏出钱去买他的保健品，但我肯定是没有时间去参加他的派对。就在我犹豫时，我的手机响了，是小雅打来的，在问我到了吗？因为根据时间测算，我应该早早就到目的地的。我一听是小雅的电话，就如捞到了一根救命稻草，对着电话就说："我遇见我的表弟了，他在向我介绍保健品。"

小雅一听，就用一种非常果断的语气对我说："你真是神经病，也瞎搭八搭，他是个骗子，怎么会是你表弟呢？快点离开他。"

我就哭笑不得起来道："他真的是我表弟。"

"门开了就好进来了，多讲有啥讲头？你小心被骗子洗脑了。"小雅的口气十分严厉，她以为我真的遇见骗子了。

我这才对阿二说："不好意思，我朋友叫我快点去。"说完我就钻进边门走了。

"记得加我微信啊，过几天我来看阿姐和姐夫。"阿二在我身后叫着。

三

后来，小雅对我说：你那个表弟在小区里只要看到人就拉着人家不放，一直在吹嘘自己的保健品，好像吃了他的保健品会长生不老的，不晓得自己拿面镜子照照，一张脸上长出了那么多的老年斑，头发也一根根稀疏了。我们不吃保健品，照样精神好，满面红光。最后她对我说："你就相信什么保健品，不是我电话打给你，你又要被人骗了。"

是的，我曾经被人骗过。

那是很多年前，我还在澳门路的新闻报社上班。那天吃饱中饭没有事干，就到位于长寿路上的亚新生活广场去逛。那时候，自己还年轻，也喜欢轧闹猛。当我来到亚新生活广场时，只见广场前摆着很多摊位，形形色色的商品琳琅满目。几个摊位前分别站着几位男士，他们纷纷在向路人推销着自己的商品。当我走到一个摊位前时，一个穿着灯芯绒茄克衫的男人就走到我面前，他手里拿着一瓶护肤品，告诉我这就是某位知名电影明星代言的日本某品牌的护肤品，因为最近这些产品在做促销活动，所以是买一送一，也就是说，平时出一份的钱今天可以买两份了。

我一听，立刻心就动了起来，自己也每天在看电视节目，一直看到这个日本品牌的电视广告，让我也想回到青春年华去，何况我也是个爱美的人，也去过日本，对日本的护肤产品还是很有信任感的。于是我就问这个男士：“你们的柜台是在亚新吗？”

“当然在亚新里面呀，因为搞促销，我们就在外面设柜台了。这是我的名片，我是厂家的业务销售经理，还有几位销售员去跑业务了。如果你平时来亚新，肯定是看不到我的，我一天到晚在外头跑，今天我们有缘分，对你就更优惠点，除了买一送一外，我再送你几张面膜。”那个自称业务销售经理的人一边说，一边把那个护肤品往我手里塞。

我一看那漂亮的包装和金色的字，心就动了。说实话，平时柜台里的这个价格我是不敢买的，现在买一送一，也就意味着价格便宜了一半。但我还是有点不放心，就问他道：“不会是假的吧？”

“你尽管放心，我们假一罚三。如果你买的是假货，我出去跑在路上被车子撞死。”那位男士说得激动起来，好像我对他的不信任反而引起了他的极大反感，就对天发誓道。

我一听，再抬头看看招牌上亚新百货那几个字，我相信了这个销售员，就买下了他手中的那些护肤品。于是，我捧着一个礼盒，回到了报社，又怕同事知道我又买便宜货说我贪小便宜，就把东西偷偷放在了包里。当天晚上，我就迫不及待地把送我的面膜敷在了脸上，当面膜敷上后，我闻到了一股牛奶味，顿时心里美美的，然后闭着眼睛听听音乐，想象着明天早上起来，自己的脸是要多漂亮就有多漂亮了。

第二天早上，我对着镜子照照，发觉这个面膜有点效果，然后再把那瓶护肤品的瓶子打开，可我发觉不对了，那瓶护肤品里面却是一瓶子干巴巴的东西，我用鼻子去闻闻味道，啥味道也没有。这时候，我发觉自己上当了，肯定上当了。于是，就把那些东西统统扔进了垃圾桶，也随手把那张名片扔了进去。

四

这件事，我谁也没有告诉，就告诉了小雅。可没有想到小雅却对我说，现在社会上做这种事情的人勿要太多哦。

小雅开了家咖啡厅，除了供应咖啡外，还供应各种炒饭和三明治及意大利面。她讲给我听，每天有一个自称是某公司的业务员，拎着一个皮包，西装革履，坐在西餐厅里和各种各样的人谈生意，谈到吃中饭或是晚饭时，肯定是要别人为他点上一盆意大利面或是炒饭，当然咖啡也是别人买单的，而且他所谈的业务都是市面上最紧俏的，要钢材有钢材，要车子有车子，反正你要啥他都能提供。其实这个打着销售部经理招牌的人，就是一个骗子，这种骗子利用销售的名义就是骗吃骗喝，哪怕是吃一碗面都知足。

但这世界上并不是所有的业务销售员都是骗子，而是骗子拿着业务销售员的名片在骗人。其实当下的社会经济发展和业务销售员的努力是分不开的，那些兢兢业业的“跑街先生”也利用了现代的高科技手段，挨门逐户地进行业务推广。比如，我们最熟悉的那几家保险公司，他们的业务销售员就是通过电话进行保险产品的推销和介绍，让很多家庭了解了保险的性能，并在各险种中找到自己需要的产品进行投保。

当然，现在的保险业务已经涉及理财投资方面了，他们先是请你去一个饭店吃饭，在吃饭前，对产品进行介绍，并搞些活动或是送点小礼品。对有些没有在现场认购产品的客户，那么就有专门的业务员会登门拜访，希望你能认购产品。如果你确定不买，那么对不起，送你的礼物就会拿回去，这就叫天上不会掉馅饼下来，也没有白吃的宴席。

但随着微信时代的到来，很多业务销售员就在朋友圈里不断地发他们的商品。刚开始时，都是以朋友的名义加你为好友，但渐渐发觉，这些好友不知什么时候都换了头像，有的在卖鞋子，有的在卖包，有的在卖首饰，有的在卖太阳眼镜，有的在推销保健品，有的在介绍海外房产，有时候我要看一篇好的帖子，就要冲破这些重重的商业圈才能翻到要看的文章。

我和阿二加上了微信，在微信上，他告诉我自己在微信上开了个微店，专门做那个保健品，生意不错的。同时，他也兼做保险理财产品，希望我们能去听听有关理财产品的介绍。

我家先生对理财比较感兴趣，一听又是我的表弟介绍的，我们就兴冲冲地去了一家饭店。那家保险公司派头也蛮大的，一下子包了几十桌圆台面，只只台面坐满人。我们在阿二的陪同下坐在了靠近主席台的圆台面边上，先是听了一番理财产品的介绍，然后就是抽奖活动。其中有只沙金铸成的龙的工艺品，那条龙一看就弹眼落睛的，立刻吸引了我家先生，因为他属龙。于是，他就对阿二说可以考虑买保险产品。

阿二一听自己姐夫想要认购理财产品，就当场把那条金龙捧给了我家先生，并要求我们把合同签好。这次是轮到我冷静了，我对阿二说，把理财产品介绍目录拿回家后，让我们分析一下财务指标、利润分配比例后，再回复你好吗?

阿二的态度非常地谦和，一口一声阿姐姐夫，并说要登门拜访。

过了几天，阿二来我家了。我告诉他我们不买这个理财产品。

阿二就说，把那条金龙还给他，他告诉我们，这条金龙价值人民币一千多元，如果我们不买他的产品，那这钱就是要他赔的。

我们把礼物还给他了，也感到阿二生存真的不容易。但他却在我们面前又推销起了他的保健品，并打开微信让我们看他在网上开的微店，他也说到了这个互联网时代为他带来的商机是很大的，他已经不用走街穿户去推销那个保健品，而是只要手捧个手机，发些图片和资料，就能向客户介绍和推销产品了。

这次，我通过微信也了解了阿二的经营之道，相信了他的保健品。时代总是向前发展，就如最初的跑街先生到现在的业务销售员和微商，相信再过些年，又会出现很多渠道为商品的流通开辟道路的，但所谓的跑街先生们中，可能再也不会出现像虞洽卿这样的人了。

拾捌 柴爿馄饨

【柴爿馄饨】

一

寒夜里，有一把火在夜色中燃烧，橘红色的。在凛冽的寒风里，橘红色的火苗闪烁着星星点点，在火苗中，有一口铁锅翻腾着滚烫的白水，白水上漂浮着一朵朵的小花，那小花放在碗里，伴着一缕缕的葱香味，就如一盆盛放的白莲散发着清香，那香味和火苗一起，弥漫在漆黑的夜幕里。

我们都叫它柴爿馄饨，那也是我记忆中最深刻的一幕，那情景就如一幅画在我脑海里浮现，叫我久久不能忘怀。

记得我刚从日本回来的时候，就吵着要吃馄饨。我哥说：就吃柴爿馄饨吧。不一会儿工夫，哥就从外面端回来一个热气腾腾的砂锅，滚烫的面汤上漂着几滴油花和几颗青青的小葱，还有几根蛋丝，那油滑剔透的馄饨吃在嘴里直冒鲜味。哥告诉我，小区门口有一对从安徽来的夫妇摆了一个馄饨摊，夫妻俩做生意很认真的，所以生意很好。我开始知道了家门口有一个馄饨摊子。

后来，我就每天晚上去那家馄饨摊吃馄饨，也就认识了这对夫妻。有时候，我坐在一张方的小饭桌前，四根长长的小凳子就我一人坐。我看着那个男的用一把刀在劈一根根木头，女的就把木头放在炉灶里烧，他们烧的是别人从树上锯下来的树枝，那树枝就会散发出木头的香味，很好闻。

二

时间长了，我和他们成了朋友，还知道卖馄饨的夫妻俩一个叫老崔，一个叫小麦，他们生了五个孩子，四个是女儿，最小的是儿子。话说到这里，其实已经不用说这对夫妻的生活艰辛了，想想小麦当时挺着一个大肚子，为了生一个儿子，居然要以生四个女儿作为代价。但更让人唏嘘的是，小麦在当地农村的住舍全部给管计划生育的人推倒了，于是，夫妻俩就把四个女儿分开生活，大女儿留在身边，二女儿送往娘家抚养，三女儿让在河南工作的姐姐收留，四女儿就抱在怀里来到了上海。

这就让我想起了某年春晚宋丹丹演的“超生游击队”，我一直以为这是一个小品，是逗人乐的一个段子，可知道了老崔和小麦的故事后，我相信了任何艺术作品都是来源于生活的。这对夫妻到了上海后先住同乡那里，同乡住的是一个简易的木棚，平时以擦皮鞋和收破烂为生。那同乡见小麦和老崔拖着抱着两个女儿，再见小麦的肚子也挺了老大的，就二话没说，挪出了自己睡的床位让小麦睡。但她对老崔说：“你是男人，得出去干活。”然后又对小麦的大女儿说，“莲英啊，你已经到读书的年纪了，你去上学。”

老崔一听，就问要学费吗？同乡说，不要学费，这里有个安徽老家人办的工人子弟学校，只要是安徽人都可以去上学。于是，他们夫妻俩在上海落了脚。老崔和同乡每天一早就背起箩筐出去拾破烂，晚上一家人挤在一起，展望着美好的未来。有时候，小麦肚子里的孩子在动，她就让老崔听孩子的胎音，她希望这次生的是儿子，如果再生一个女儿就再也不生了，否则他们不但回不了老家，也养不活这些孩子的。

好在老天爷眷顾着这对夫妻，小麦生产了，终于生了个儿子。那是一个闷热的夏天，小麦觉得肚子疼，下腹开始下坠。按她生了四个女儿的经验，她知道自己要生了。但她不通过上海的相关部门，是没有办法去医院生的。于是，小麦就在同乡的帮助下，在这个简易的木棚里，咬着牙，硬是把孩子生了出来。当知道自己生了个儿子的时候，小麦哭了，老崔也哭了。小麦哭，是因为自己不用再生了，她终于解放了；老崔是觉得自己崔家有了后，可以对得起祖宗而激动得泪流满面。

三

儿子生下了，传宗接代的事情完成了。接下来这对夫妻面对的是怎样在上海生存下来。是呀，莲英也长大了，虽然她上学不用缴学费，但她也要吃和穿，四女儿正在长个头，也需要营养，那个宝贝儿子也要喝奶粉。于是，小麦在生下儿子后，就和老崔一起去拾破烂了。在拾破烂的时候，小麦发现上海的街头有许多外来打工的人，有修自行车的，有踏三轮车的，有修皮鞋的，还有做各种小买卖的。特别是到了晚上，这些打工的人就随便在外面吃点东西。于是，小麦就想到了自己会包馄饨，如果每天晚上给大家烧上几碗馄饨，不但可以为那些漂泊在异地的人提供吃食，也为自己在上海找到了一份工作。

于是，夫妻俩就从旧货摊里收来了两只废弃的旧轮胎，再用几块木板搭出了一个拖车，拖车中间可以放一只铁桶，这只铁桶已经变成了炉子。每天到了天色将晚时，夫妻俩就推起木板车出发了。

他们选中了在我家小区门口设摊，也从最初的柴爿馄饨发展到后来供应炒面和炒饭，但馄饨是他们的招牌点心，也深受大家欢迎。

是的呀，这柴爿馄饨价格便宜，特别是在寒冷的夜晚，在外打工回来的人吃上一碗热气腾腾的点心，这对他们来说是一件多么温馨的事啊。何况小麦这对夫妻做生意厚道，每一只馄饨都是小麦精心包出来，那漂在汤上的蛋丝和葱花都是干干净净的，特别是蛋丝，是她女儿莲英用她纤纤的小手在一块小铁板上做出来的。当然，莲英也长大了，开始帮着父母做些小工，四女儿也会在摊头里洗碗，往炉子里添木柴。

而对这对夫妻来说，最让他们高兴的是，这柴爿馄饨已经在附近出了名，不但供应给打工的人吃，包括住在小区附近的人都喜欢吃这个柴爿馄饨。因为在上海人的记忆中，柴爿馄饨是一份温馨的回忆，是一份老上海的味道，不管富人或是穷人都喜欢吃。

但柴爿馄饨的生意并不好做，他们常常会受到城管的监督。好在我们小区门卫对他们总是格外照顾，如果有城管来检查了，就让他们先将摊子放在小区的一个角落里，知道的人也就进了小区来吃。有时候，下雨天，小麦就拿着一个大油布拉在摊头上，老崔怕木柴被雨浇湿，就用一个塑料布把木柴裹起来，然后夫妻俩就把炉火烧得旺旺的，莲英坐在炉子前做着蛋丝，四女儿抱着弟弟坐在长凳子上，一家人看着柴爿放进炉子里，看着火苗蹿出炉膛，溅出火星，他们同时也看到了希望。

我从小就喜欢吃馄饨，平时饭不一定吃得多，但只要吃馄饨，就可以吃上满满一碗，在我一个人独居时，几乎每天以馄饨为食，因为它吃时方便，又富有营养。我也常常在想，这对夫妻平时又是吃什么的呢？是不是也吃馄饨呢？

四

有一天，我家来了个日本朋友，她想在我这里住几天。她带来几只很大的箱子，需要搬到我的住处来。当时，我是住在多层房的六楼，要把这些箱子搬上去是很费力的。于是，我想到了老崔。我跑到了馄饨摊头，当小麦知道我求救的事情后，她就对老崔说："你去帮她搬箱子吧。"

老崔的个子中等，人也瘦瘦的。但他一口气帮我把所有的箱子都搬上了六楼，我女朋友就给了他五十元钱。老崔不肯收，我对他说你收下吧，她是外国人，外国人讲究给小费的，何况你是付出了劳动力的。老崔这才收下了钱。

等到吃晚饭时，女朋友说到外面吃饭去。我问她想吃馄饨吗？她问我是不是在日本时，我做给她吃过的那种馄饨？我说是的，只是这个馄饨叫柴爿馄饨，是用木头烧出来的，很香很好吃的。女朋友一听，就像孩子一样笑了起来，她叫着："我要吃柴爿馄饨。"

于是，我们俩就下了楼来到了小区门口，走到了柴爿馄饨摊头。这时候，我看见了一幕情景，一幕令我终生不忘的情景：

只见老崔坐在小方桌子前，他的膝盖上坐着他的儿子，边上是两个女儿。桌子上放着一碗馄饨，一碗飘着热气和香味的馄饨，老崔端着一个调羹从碗里捞起一只馄饨，放进自己嘴里嚼一嚼，再递进儿子的口里，然后，再用调羹捞起一只馄饨递到了莲英的嘴里，但莲英不肯吃，她说给妹妹吃，可妹妹说："爸爸很辛苦，刚才背箱子时把腰也背伤了，妈妈心疼爸爸，才给爸爸下了一碗馄饨，爸爸你就多吃一点。"

我听着，眼泪流了出来，于是，我拉着女朋友坐在方桌前，对着小麦要了五碗馄饨。小麦一听我要五碗馄饨，就惊奇地睁大着眼睛看着我，她对我说："你们两个人最多吃三碗也够了，为什么要五碗？"

"不要管我，就给我五碗。"我说道。

我女朋友听不懂中文，但她见五碗馄饨端上来放在桌子上，就用日语对我说道："为什么要这么多？"我没有理她，我把三碗馄饨分别放在了老崔和莲英及四女儿面前，我对他们说："这馄饨很好吃，但日本人不习惯吃饭时有人坐在一边，如果要吃就大家一起吃。"我又对女朋友说，"他们是我的亲戚，是做馄饨生意的。"

女朋友一听就哦哦哦不停地叫了起来："怪不得你在日本时会做馄饨，原来是有原因的。"

老崔看着眼前的一碗馄饨，他说不吃。我对他说，日本人有规矩的，坐在一起的人一定要一起吃。老崔一听就站了起来，他说我不坐就可以不吃了。我说不行，已经坐在一起了，何况馄饨也下好了，不吃就要糊了。于是，在我再三劝说下，老崔才叫孩子们吃，他自己就端着馄饨走到了小麦面前，拿起调羹捞起碗里的馄饨塞进了小麦的嘴里。小麦幸福地笑着，她也拿着一个调羹从碗里捞起馄饨塞进了老崔的嘴里。

可我却咽不下嘴里的馄饨了，我的心被堵得慌，想哭却无泪，想叫，大声地叫一下，但边上有日本朋友在，怕惊吓到她。于是，我只有低下头，一口一口地吃着馄饨。我希望他们以后的生活会越来越好。

所有的希望和祝福都给了这对夫妻，随着他们小本经营的积累和发展，终于在小区附近找了一家门面，开了一个属于他们的店，柴爿馄饨是店名，经营内容也增多了，但柴爿馄饨仍是这个店的特色。女儿莲英也成了店里的一个好帮工，四女儿也长大了，儿子也上学了，那两个寄养在外婆家和姨妈家的女儿也都来到了上海，一家人生活在一起。

后来，我搬家了，就再也没有看到这对夫妻，但我还是喜欢吃馄饨，同时各种各样的馄饨店名也都出来了，有什么金师傅馄饨店、吉祥馄饨店等，但我总是忘不了那个叫柴爿馄饨店的馄饨。好在我在新家附近找到了几家如柴爿馄饨一样的店，这些店就专门以卖馄饨为主，也都是夫妻老婆店，外带子女一起帮忙开的，馄饨也都是一只只手工包出来的。虽然这些馄饨已经不是用木柴烧出来的了，但仍留有柴爿的味道。

五

我们看过电影《日出》，其中有一个镜头是陈白露坐在一个馄饨摊前吃馄饨，那卖馄饨的就一副扁担，一头放着一只炉子，炉子上安放着一口锅；另一头是个木桶，木桶里盛的是水，水里放着盛馄饨的碗，而卖馄饨的却是一个饱经沧桑的老人。这就告诉我们，馄饨是个上得了厅堂下得了厨房的食品。我们也在很多影视剧中，看到某主角也在馄饨摊吃馄饨，然后遇上黑帮的追杀，就噼里啪啦在馄饨摊前大打出手，结果把个馄饨摊打得稀巴烂，那主角连馄饨钱也不付就逃走了。每当我看到这些情节，就在心里骂这些导演，你什么意思呀？为了增强节目的戏剧性和娱乐性，就把我们的柴爿馄饨摊当作道具，随意砸碎吗？这给人们造成一种印象，那柴爿馄饨是那么微不足道。你知道吗？那小小的摊头、那暖暖的小馄饨，给那些走夜路的人带来多少温暖吗？特别是我，在漆黑的夜晚，从外面回来，只要看见小区门口有一只火炉在燃烧着火光，我的心就暖暖的，因为看见火光，就等于看到了家里的灯光，而这小小的馄饨摊，也是寄托了卖馄饨人家的生活希望。

上海人对柴爿馄饨是情有独钟的，甚至可以翻花样做出各种味道，再根据季节推出什么荠菜馄饨、虾仁馄饨、芹菜馄饨、香椿馄饨、香菇馄饨、黄鱼馄饨等。这和从事馄饨事业的人的努力是分不开的。一个行业只要贴近大众生活，适应人们的需要，就会经久不衰。特别是在我们上海，这个容纳百川、万商云集、霓虹闪烁的大都市里，留有一份柴爿馄饨的味道，那是一件多么温馨的事情啊。

后 记

在完成了《上海十八行》后，心里想到要感谢的人很多。当然，首先要感谢我的父母亲，他们给了我生命，给了我智慧，给了我生活在上海石库门这爿屋檐下的温情，但我的父亲没有看到我写的有关石库门的所有文章，所以在我写这本《上海十八行》时，我就对大家说： 这本书是为我父亲写的。那么在我的这三本石库门系列的书中，我已经对我的祖母、母亲、父亲的养育之恩给予了一份回报，我想对他们说：我是一个好孩子，一个非常争气的女孩子。

其次还要感谢一个人，那就是贺友直先生。

在我完成了《上海十八相》《上海十八样》后，又琢磨着写第三本书。当时选择的题材很多，但总找不到一个更适合我创作的。就在我苦思冥想时，上海电视台准备拍一部纪录片《情系石库门》，摄制组找到了我，幸运的是在拍摄现场遇到了贺友直老先生，他以 93 岁的高龄和我们一起在片中畅谈上海石库门的文化，也借此机会，我接触到了贺老的画集《说说画画上海老行当——三百六十行》。当我打开这本画集时，看到那一幅幅栩栩如生的画面，我的脑子里立刻浮现出了很多的人物，很多的故事，于是，我毅然选择了写上海的各种行业和从事各种行业的人。也就这样，《上海十八行》诞生了。所以，我要感谢贺友直先生，是他的画给了我创作的灵感。可惜，在我还没有完成此书时，贺老却于 2016 年 3 月 16 日去世了，也留给我一份深深的遗憾。

我和贺老都是上海宁波旅沪同乡会会员，也经常在《海上宁波人》杂志上发表作品。经过协会领导的帮助，原本想在《上海十八行》一书上和贺老合作，所以，书中的十八篇文章，基本都是以贺老的作品为题材，进行故事和情节叙述的。但就在我写到第十五篇时，传来了贺老仙逝的消息，这不啻是个晴天霹雳，让我好多天不能安下心来写作。但我最后还是振作起来，我想对贺老最好的纪念，就是把作品完成。何况我的老搭档——书的插画者施振华先生，他的画风也具老上海的风情，也是一个非常优秀的画家，多年来，我一直得到他的支持。

所以，在后面的三篇文章中，我就脱离了贺老的《三百六十行》的内容，继续创作我们上海存在和发生过的故事。我想，《上海十八行》一定会受到广大读者的喜欢，也是对读者的一个交代。我没有辜负大家对我的希望，我想对大家说：我是一个认真的人，我以虔诚的态度在编故事。

最后，要感谢的人很多，但我只想对大家说：我会继续进行创作，请给我一点时间，请相信我会为大家创作更多更好的作品。